JN076360

イワンの馬鹿

レフ・トルストイ 作

ハンス・フィッシャー 絵

小宮 由 訳

アノニマ・スタジオ

馬鹿のイワンと
ふたりの兄、軍人のセミヨンと商人のタラス
耳が聞こえない妹のマラーニャ
それと、老悪魔《ろうあくま》と三びきの小悪魔《こあくま》の話。

1

昔《むかし》むかし、ここから遠いある国に、裕福《ゆうふく》な百姓《ひゃくしょう》が住んでいた。百姓《ひゃくしょう》には、三人の息子、軍人のセミヨンと、商人のタラスと、馬鹿のイワン、それと、生まれつき耳が聞こえず、うまく話すことのできない娘《むすめ》のマラーニャがいた。

軍人のセミヨンは、王さまに仕《つか》えるため家を出て戦争へいき、商人のタラスは、商売をするため家を出て町へいったが、馬鹿のイワンと妹のマラーニャは、家にのこり、手にたこを作りながら、百姓《ひゃくしょう》仕事をつづけていた。

そのあと、軍人のセミヨンは、王さまから高い地位と領地《りょうち》をもらって、ある貴族《きぞく》の娘《むすめ》と結婚《けっこん》した。セミヨンは、給料《きゅうりょう》をどっさりもらっていたし、財産《ざいさん》もたくさんもっていたが、いつもお金のやりくりに苦労していた。セミヨンがどんなにお金をたくわえても、貴族《きぞく》である妻《つま》が、ぱっぱぱっぱと湯水《ゆみず》のようにつかってしまっていたからだ。

そこで軍人のセミヨンは、自分の領地《りょうち》の百姓《ひゃくしょう》たちから、税金《ぜいきん》をあつめようと、役人のところへいった。

すると、役人はこういった。

「税金《ぜいきん》なんて、あつまるはずがございません。あなたさまの領地《りょうち》に住む百姓《ひゃくしょう》たちは、家畜《かちく》や農具をもっていないではありませんか。馬もいなければ牛もいない、鋤《すき》もなければ馬鍬《まぐわ》もないのです。そういったものをすべてそろえてくだされば、すこしは税金《ぜいきん》がはいるというものです」

セミヨンは、しかたなく父親の家へもどって、老人の父親にいった。

「父さん、あなたは裕福《ゆうふく》なのに、わたしには、なにもくれていません。どうか財産《ざいさん》の三分の一を分けてください」

「おまえは、わが家のために、なにもしてくれてないではないか。なのにどうして、財産《ざいさん》の三分の一を分けてやれるだろう。きっと、イワンやマラーニャが怒《おこ》るにきまってる」と、父親はいった。

するとセミヨンがいった。

「なにいってるんですか、イワンは馬鹿じゃありませんか。マラーニャだっておなじなんだから、あいつらには、なにもいりませんよ」

「では、イワンに聞いてみよう」父親はそういって、イワンにたずねてみると、イワンは、わらってこたえた。

「ああ、いいとも。あげてください」

そこで軍人のセミヨンは、家畜《かちく》や農具を自分の領地《りょうち》へもっていき、そのまま王さまに仕《つか》えつづけた。

商人のタラスは、商売をうまくやって、しこたまお金をもうけていた。そして、商人の娘《むすめ》と結婚《けっこん》したが、まだまだお金がほしいとおもい、父親の家にもどると、老人の父親にいった。

「父さん、わたしにも、財産《ざいさん》の三分の一を分けてください」

父親は、タラスにも財産《ざいさん》を分けたくなかった。

「おまえは、わが家のために、なにもしてくれてないではないか。いま、うちにあるものは、ぜんぶイワンがかせいだものだ。イワンやマラーニャをふみつけるようなことはできん」

すると、タラスがいった。

「こいつになにがいるっていうんです？　イワンは馬鹿じゃありませんか。きっと結婚《けっこん》もできません。嫁《よめ》にきてくれるような人がいませんから。マラーニャだってなにもいりませんよ。なぁ、イワン。おれに穀物《こくもつ》を半分くれよ。農具はいらないが、かわりに灰色《はいいろ》の牡馬《おすうま》ももらおうかな。あれは、畑を耕《たがや》すのにむかないだろ？」

すると、イワンは、わらっていった。

「ああ、いいとも。すぐに手綱《たづな》をつけてあげよう」

そこで商人のタラスは、穀物《こくもつ》の半分と灰色《はいいろ》の牡馬《おすうま》を町へもっていき、のこされたイワンは、両親をやしなうため、老いぼれた牝馬《めすうま》だけで百姓《ひゃくしょう》仕事をつづけなければならなかった。

2

そんな兄弟たちのようすを、いまいましくおもっていたのが、老悪魔《ろうあくま》だった。老悪魔《ろうあくま》は、イワンたち兄弟が、口げんかひとつせずに、わかれていったのを見ると腹《はら》を立て、三びきの小悪魔《こあくま》をよびつけていった。

「おまえたち、あれを見ろ。あそこに兄弟が三人いるだろう。軍人のセミヨンに、商人のタラスに、馬鹿のイワンさ。もともとあいつらは、けんかをしなくちゃならんのだが、馬鹿のイワンが、兄たちをおもいやってるものだから、とてもおだやかに

くらしている。あの馬鹿め、これまでのおれさまの仕事をだいなしにしおった。おまえたち、これからあの三人にとりついて仲《なか》をかきみだせ。さいごは、たがいの目玉をくりぬきあうくらいにしてやるのだ。どうだ、できるか？」

「はい、できますとも」と、三びきはいった。

「ほう。では、どうするつもりだね？」

「それは、こうです」と、小悪魔《こあくま》の一ぴきがいった。「あいつらを食うものがないくらいびんぼうにしてやるんです。それから三人をひとところにあつめれば、きっとなぐりあいのけんかをはじめるでしょう」

「うむ、よろしい」と、老悪魔《ろうあくま》はいった。「どうやらおまえたちは、仕事の順序《じゅんじょ》というものをこころえているようだ。では、いけ。三人の仲《なか》をかきみださぬうちは、もどってくるでないぞ。しっぱいしたら、おまえたちの生き皮をひんむいてくれるからな！」

三びきの小悪魔《こあくま》は、沼地《ぬまち》にあつまって、仕事のだんどりを話しあった。三びきとも、できるだけらくな仕事につきたかったから、ずいぶんといいあらそった。だが、どうにもらちがあかなかったので、とうとうだれがだれをうけもつかをくじできめることにし、仕事がはやくかたづいたら、たがいに手助けしよう、ということになった。

そして、うけもちがきまると、小悪魔《こあくま》たちは、だれの仕事がかたづき、だれの仕事に手助けが必要かを確認《かくにん》するため、日をきめて、もう一度、ここでおちあうことにした。こうして、三びきの小悪魔《こあくま》は、それぞれうけもちの兄弟のもとへとびたっていった。

そして、約束《やくそく》の日がきた。小悪魔《こあくま》たちは、また沼地《ぬまち》にあつまって、それぞれの仕事のすすみぐあいを話しあった。

まず、軍人のセミヨンのところへいっていた一番目の小悪魔《こあくま》がいった。

「おれのほうは、うまくいってる。セミヨンのやつ、あしたにも父親の家にもどってくるぞ」

「へえ、いったいどうやったんだい？」ふたりの仲間《なかま》がたずねた。

「それはだな」と、一番目の小悪魔《こあくま》がいった。「まず、おれは、セミヨンにとてつもない勇気をふきこんで、『全世界を征服《せいふく》してみせます』と、王さまに約束《やくそく》させたのさ。そこで王さまは、セミヨンを軍の司令官《しれいかん》にして、インド王をたおしにいかせたんだ。それで戦争になったわけだが、おれは、戦いがはじまるまえの夜に、セミヨンの軍隊の火薬《かやく》をぜんぶしめらせておいて、さらには、インド王のところへいって、はまべの砂《すな》の数ほどの、たくさんの兵士《へいし》を藁《わら》で作っておいた。

いざ、戦争がはじまると、セミヨンの兵隊は、インド王の藁《わら》の兵士《へいし》たちが、四方からおしよせてくるのを見て、すっかりお

じけづいちまった。セミヨンが、『撃《う》て！』というものの、大砲《たいほう》や鉄砲《てっぽう》は、火薬《かやく》がしめってるおかげで、いっこうに火をふかない。セミヨンの兵隊たちは、あわてふためいて、羊のむれのように逃《に》げだした。そこをインド王が追って、セミヨンたちをやっつけちまった、というわけさ。

逃《に》げ帰ったセミヨンは、めんもくまるつぶれ。王さまに領地《りょうち》を没収《ぼっしゅう》されて、あしたには死刑《しけい》にされようとしている。だからおれの仕事は、あと一日。あした、セミヨンが父親の家にもどれるよう、牢屋《ろうや》から出してやることだけだ。あしたには、すっかりかたづいちまうから、おまえたちのうちのどっちを手助けしたらいいいか、いってくれ」

つづいて、商人のタラスのところへいっていた二番目の小悪魔《こあくま》がこういった。

「おれに手助けは、いらないよ。おれのほうもうまくいってる。タラスも、もう一週間ともつまい。まず、おれは、タラスのふとった腹《はら》をますますふくらませて、いままでよりもっと欲《よく》ばりにしてやった。おかげで、人のものでも、見ればなんでもほしくなって、手あたりしだい買いまくった。それでとうとうありったけの金をつぎこんで、いろんなものをどっさりと買いこみ、いまは、借金《しゃっきん》してまで買いあさってるしまつ。あれだけ買えば、くらしはもうギリギリで、自分でも、どうしていいやらわからなくなってる。それで借《か》りた金をかえすのは一週間後なんだが、あとはおれが、タラスが買いまくったものをすべてがらくたにかえてやるだけだ。そうしたら、金をかえせなくなって、父親の家にころがりこむしかなくなるだろう」

さいごに、一番目と二番目の小悪魔《こあくま》が、馬鹿のイワンのところへいっていた三番目の小悪魔《こあくま》にたずねた。

「ところで、おまえの方は、どうなんだい？」

「それがだね」と、三番目の小悪魔《こあくま》がこたえた。「おれの方は、どうもかんばしくないんだ。まず、おれは、イワンが仕事をできなくなるように、腹《はら》をいたくしてやれとおもって、あいつの酸汁《クワス》（＊1）のはいった水筒《すいとう》に、つばをはいておいた。それからそのあと、畑へさきまわりして、土を石のようにかたくしてやったんだ。

　さあ、これでもうなにもできやしないだろうとおもっていると、あの馬鹿、鋤《すき》をもってきて畑を耕《たがや》しはじめた。腹《はら》がいたくて、うんうんいってるくせに、それでもつづけやがる。そこでつかってる鋤《すき》をこわしてやると、あいつは家にもどり、べつの鋤《すき》に新しい刃《は》をつけかえて、また耕《たがや》しはじめやがった。

　ならばとおもい、おれは畑の土の中へもぐっていって、鋤《すき》の刃《は》をつかんでとめてやろうとしたが、どうにもとめられない。鋤《すき》は、ぐいぐいと強くおしてくるし、刃《は》はとりかえたばかりでするどいしで、おれの手は、きずだらけさ。それでもう畑のほとんどを耕《たがや》しちまって、のこすは、あと一畝《ひとうね》だけだ。

なあ、兄弟。ここはひとつ、おれの手助けをしてくれないか。おまえらふたりがうまくいっても、イワンがしっぱいとなると、おれらの仕事がすべて水のあわになる。あの馬鹿が百姓《ひゃくしょう》仕事をつづければ、きっと兄をふたりともやしなっちまうだろうから、なぐりあいのけんかなんてしやしないぜ」

そこで、軍人のセミヨンをうけもつ一番目の小悪魔《こあくま》が、あしたになったら手助けにいこうと約束《やくそく》し、三びきは、またわかれていった。

＊1　ライ麦と麦芽（ばくが）を発酵（はっこう）させた微炭酸（びたんさん）のアルコール飲料

3

イワンは、のこりの一畝《ひとうね》を耕《たがや》してしまおうと、つぎの日も畑にやってきた。腹《はら》はまだいたむが、ここをすませてしまわなければと、馬の引き革《がわ》をピシリとならし、鋤《すき》をおろして耕《たがや》しはじめた。

一鋤《ひとすき》いれて、むきをかえ、引きかえしはじめたとき、とつぜん木の根っこにでも引っかかったかのように、鋤《すき》がうごかなくなった。それは、小悪魔《こあくま》が、両足を鋤《すき》のさきにまきつけて、おさえつけていたからだ。

「おかしいな」と、イワンはおもった。「こんなところに根っこなんかなかったのに。きゅうに生えてきやがった」

イワンが、鋤《す》きおえた溝《みぞ》に手をつっこんでみると、なにかやわらかいものがあった。そこで、それをつかんで、いきおいよく引っぱってみると、黒い根っこのようなものが出てきた。それは、ピクピクとうごいている小悪魔《こあくま》だった。

「ちぇっ！　きたならしいやつ」イワンはそういって、小悪魔《こあくま》をつかみあげると、鋤《すき》の刃《は》になげつけようとした。

すると、小悪魔《こあくま》は、泣き声をあげていった。

「あぁ、どうかころさないでください！　なんでもしてさしあげますから」

「おまえ、なにができるんだ？」

「おのぞみのことなら、なんでも」

イワンは、頭をぽりぽりとかいていった。

「おれは、いま、腹《はら》がいたいんだが、なおせるか？」

「なおせますとも」

「じゃあ、ひとつなおしてくれ」

小悪魔《こあくま》は、鋤《す》いた溝《みぞ》をつめであちこち引っかきまわし、三つ叉《また》の根っこを引っぱりだすと、イワンにわたした。

「これをどうぞ」と、小悪魔《こあくま》はいった。「この根っこを一本食べれば、どんな病気でもなおってしまいます」

イワンは、根っこをうけとると、三つ叉《また》のうちの一本をおって食べてみた。すると、たちまち腹《はら》のいたみがきえた。

「では、どうかわたしを見逃《みのが》してください」小悪魔《こあくま》は、必死《ひっし》に命乞《いのちご》いをした。「もう土にもぐって、二度と出てきませんから」

「よしよし。さ、いけ。神さまと共《とも》にあらんことを」

イワンが〈神さま〉と、口にするやいなや、小悪魔《こあくま》は、水の中に石がおちるように、ストンと地面にもぐっていって、あとには、ポツンとした穴《あな》だけがのこった。

イワンは、のこりの二叉《ふたまた》の根っこをぼうしの中にいれると、最後の一畝《ひとうね》を耕《たがや》しにかかった。そして、とうとう畑のはしっこまで耕《たがや》してしまうと、鋤《すき》をふせて家に帰っていった。

イワンが馬をはずして家にはいると、兄の軍人のセミヨンが、妻《つま》といっしょにテーブルについて、夕食をとっていた。

セミヨンは、王さまから領地《りょうち》を没収《ぼっしゅう》されたあと、死刑《しけい》になるまえに、命からがら牢屋《ろうや》をぬけだし、父親にかくまってもらおうと、逃《に》げ帰ってきたのだ。

セミヨンは、イワンを見るといった。

「やっかいになりにきたよ。また王さまにお仕《つか》えできるようになるまで、おれと妻《つま》を食わせてくれよな」

「ああ、いいとも。どうぞごゆっくり」イワンはそうこたえて、いっしょにテーブルについた。

すると、セミヨンの妻《つま》が、はなをつまんでセミヨンにいった。

「わたくし、こんなくさい百姓《ひゃくしょう》と食事なんかしたくありませんわ」

そこで、軍人のセミヨンがいった。

「なあ、イワン。妻《つま》がおまえのにおいがいやだというんだ。

入口の土間《どま》で食べてくれんか」

「ああ、いいとも。どうせ馬に草を食べさせにいく時間だから」イワンはそういって、パンと長外套《カフタン》（＊2）をもつと、放牧場《ほうぼくじょう》へ出かけていった。

＊2　長袖（ながそで）で丈長（たけなが）の前開きのガウン

4

軍人のセミヨンをうけもつ一番目の小悪魔《こあくま》は、みんなとわかれたつぎの日に仕事をかたづけてしまい、約束《やくそく》どおり、馬鹿のイワンをとっちめる手助けをしようと、三番目の小悪魔《こあくま》をさがしに出かけた。

そこで、畑へやってきて、あちこち仲間《なかま》をさがしたが、どこにもすがたが見あたらない。ただ、ポツンとした穴《あな》だけが見つかった。

「なんと」一番目の小悪魔《こあくま》は、心の中でつぶやいた。「こりゃきっと、あいつにわるいことがおこったにちがいない。ならば、おれがやらなければ。畑は、もうすっかり耕《たがや》しちまってるから、草刈《くさか》り場であの馬鹿をとっちめてやろう」

小悪魔《こあくま》は、草刈《くさか》り場へいって、あたりをすっかり水びたしにし、草に泥《どろ》をかぶせてしまった。

イワンはというと、夜明けに放牧場《ほうぼくじょう》から帰ってきて、大鎌《おおがま》の刃《は》を打ちなおすと、草刈《くさか》り場へ出かけていった。そして、さっそく刈《か》りはじめたが、草が泥《どろ》をかぶっているおかげで、鎌《かま》を一、二度ふるっただけで、すぐに刃《は》がにぶって切れなくなった。それでも、しばらくがんばったが、イワンはとうとう、ねをあげていった。

「だめだ、こりゃ！　こうなったら家へ帰って、砥石《といし》をもってこよう。それとパンもだ。たとえ一週間かかったたって、刈《か》ってしまわぬうちはやめねぇぞ」

小悪魔《こあくま》は、これを聞いてかんがえこんだ。

「この馬鹿は、なんてがんこ者だ。なかなかやりにくいぞ。よし、またちがう手でじゃましてやろう」

家に帰って、草刈《くさか》り場へもどってきたイワンは、砥石《といし》で大鎌《おおがま》をとぐと、また草を刈《か》りはじめた。そこで小悪魔《こあくま》は、草むらの中にもぐりこみ、イワンが鎌《かま》をふるたびに、その背《せ》をつかまえて、刃先《はさき》を地面の中へつっこんでやった。これには、イワンも苦労したが、それでもなんとか刈《か》ってしまい、のこすは、沼地《ぬまち》に生えた草だけになった。

小悪魔《こあくま》は、沼地《ぬまち》へもぐってかんがえた。

「こんどこそ、この足が切れたって刈《か》らせやしないぞ」

イワンは、沼地《ぬまち》へやってきた。草は、見たところあまり生えていないのに、どうにも鎌《かま》がうまくふれない。イワンは、カッとなって、これでもかと、力いっぱい鎌《かま》をふるった。すると、大鎌《おおがま》にからみついていた小悪魔《こあくま》は、力負けして地面におっこちてしまった。小悪魔《こあくま》は、あわててしげみの中に逃《に》げこんだ。

ところが、イワンがすぐにまた、ザッと、しげみをひとなぎしたものだから、そのひょうしに小悪魔《こあくま》は、しっぽを半分、チョキンと、切りおとされてしまった。

イワンは、沼地《ぬまち》の草を刈《か》りおえてしまうと、マラーニャに刈《か》った草をあつめておくようにといって、つぎは、ライ麦畑へむかった。

イワンは、こんどは、のこぎり鎌《がま》をもってきたが、しっぽをちょん切られた小悪魔《こあくま》がさきまわりして、畑をかきまわし、ライ麦をすっかりたおしてしまっていたから、のこぎり鎌《がま》では、うまく刈《か》れなかった。そこでイワンは、一度、家にもどり、草刈《くさか》り鎌《かま》をもってきて、ライ麦を根気よくぜんぶ刈《か》りとっていった。

「さて、こんどは、オート麦を刈《か》らなくちゃ」と、イワンはつぶやいた。

しっぽをちょん切られた小悪魔《こあくま》は、それを聞いて、またかんがえた。

「くそっ、ライ麦でだめなら、オート麦の方でやっつけてやる。あしたの朝を見てろ」

そうして、つぎの朝はやく、小悪魔《こあくま》がオート麦畑へいってみると、なんと、もうすでに、オート麦がすっかり刈《か》りとられているではないか。なるべく穂《ほ》こぼれするまえにと、イワンが、きのうの夜のあいだに収穫《しゅうかく》してしまっていたのだ。

「あの馬鹿め！　しっぽをちょん切ったうえに、どこまでおれを苦しめる気だ。戦場だって、ここまでひどくないぞ！」

小悪魔《こあくま》は、かんかんに怒《おこ》った。「夜もねないではたらくような男には、いったいどうしたらいいんだ？　そうだ、こうなったら、刈《か》った麦を腐《くさ》らせてやろう！」

小悪魔《こあくま》は、刈《か》りとられた麦束《むぎたば》の中にもぐりこむと、オート麦を腐《くさ》らせはじめた。ところが、麦束《むぎたば》があたたまるにつれ、自分もあたたかくなり、しだいにうとうとしはじめて、ついにはねむってしまった。

そのあいだ、イワンは、刈《か》りとったオート麦をはこんでしまおうと、荷車に馬をつけて、マラーニャといっしょに畑へむかっていた。イワンは、畑につくと、フォークをつかって、荷車にオート麦をつみあげはじめた。

二束《ふたたば》なげあげて、三束《みたば》目にフォークをつきたてると、それがちょうど、小悪魔《こあくま》の背中《せなか》につきささった。イワンがフォークをもちあげると、その先っぽで、しっぽのちょん切れた小悪魔《こあくま》が、体をよじったり、もがいたりしながら、逃《に》げだそうとしていた。

「ちぇっ！　きたならしいやつ。また出てきやがったか」と、イワンはいった。

「ちがいます、あれとはべつです。まえのは、わたしの兄弟でした。わたしは、あなたの兄、セミヨンのところからきたのです」

「そんなこと知ったことか。きさまも、おなじようにしてくれる！」イワンはそういって、小悪魔《こあくま》を荷車にたたきつけようとした。

すると、小悪魔《こあくま》は、泣き声をあげていった。

「どうか、はなしてください！　もう二度と、こんなことはしません。おのぞみのことを、なんでもしてさしあげますから！」

「おまえ、なにができるんだ？」

「わたしは、どんなものからでも、兵士《へいし》を作ることができます」

「兵士《へいし》は、なんの役に立つね？」

「おすきなことをさせたらいいです。兵士《へいし》はなんだってやりますから」

「では、歌がうたえるかね？」

「もちろん、うたえますとも」

「よし。じゃあ、ひとつ、こさえてみろ」

そこで、小悪魔《こあくま》はこういった。

「まず、オート麦でもなんでもいいんですが、藁束《わらたば》をひとつかみしましてね、刈《か》り口を地面にトントンとやって〈おれのしもべにいいつけじゃ、おまえはただの束《たば》でなく、藁《わら》の数だけ兵になれ〉と、となえさえすれば、いいのでございます」

イワンは、オート麦の束《たば》を手にとって、地面にトントンとやり、おしえられたとおりにとなえてみた。すると、麦束《たば》がパラパラッとひろがって、麦の一本一本が兵士《へいし》になり、先頭の兵隊が、ラッパや太鼓《たいこ》をもって、ブカブカドンドンとやりはじめた。

イワンは、それを見てわらいだした。

「こいつは、うまいもんだ。娘《むすめ》っ子たちをよろこばせるのにもってこいだなぁ」

「では、もういかせてください」と、小悪魔《こあくま》はいった。

「いや、まだだ。兵士《へいし》をこしらえるなら、ただの藁《わら》でいい。これだと麦がもったいない。この兵士《へいし》をもとにもどす方法をおしえろ。これから脱穀《だっこく》するんだから」

「そのときは、こういってください」と、小悪魔《こあくま》はいった。「〈おれのしもべにいいつけじゃ、兵の数だけ藁《わら》になれ、もとのすがたの束《たば》になれ〉と」

イワンがそうとなえると、兵士《へいし》たちは、たちまちもとのオート麦の束《たば》になった。そこで小悪魔《こあくま》は、またいった。

「さあ、もういかせてください」

「よしよし」イワンはそういって、畑の畝《うね》に小悪魔《こあくま》をおしつけて手でおさえると、フォークをぬきとってやった。「さ、いけ。神さまと共《とも》にあらんことを」

イワンが〈神さま〉と、口にするやいなや、小悪魔《こあくま》は、水の中に石がおちるように、ストンと地面にもぐっていって、あとには、ポツンとした穴《あな》だけがのこった。


イワンが家に帰ると、二番目の兄、商人のタラスが、妻《つま》といっしょにテーブルについて、夕食をとっていた。

商人のタラスは、借《か》りたお金がかえせなくなって、父親にかくまってもらおうと、逃《に》げ帰ってきたのだ。

タラスは、イワンを見るといった。

「やっかいになりにきたよ。また商売がうまくいくまで、おれと妻《つま》を食わせてくれよな」

「ああ、いいとも。どうぞごゆっくり」イワンはそういって、長外套《カフタン》をぬぐと、いっしょにテーブルについた。

すると、タラスの妻《つま》が、はなをつまんでタラスにいった。

「わたし、こんな馬鹿といっしょに食事したくないわ。汗《あせ》がくさいんだもの」

そこで、商人のタラスがいった。

「なあ、イワン。おまえ、すごくにおうぞ。あっちへいって、入口の土間《どま》で食べろよ」

「ああ、いいとも。どうせ馬に草を食べさせに、放牧場《ほうぼくじょう》へいく時間だから」イワンはそういってパンをもつと、外へ出かけていった。

5

商人のタラスをうけもつ二番目の小悪魔《こあくま》は、自分の仕事をかたづけてしまい、約束《やくそく》どおり、馬鹿のイワンをとっちめる手助けをしようと、三番目の小悪魔《こあくま》をさがしに出かけた。

そこで、畑へやってきて、あちこち仲間《なかま》をさがしたが、どこにもすがたが見あたらない。ただ、ポツンとした穴《あな》だけが見つかった。つぎに草刈《くさか》り場へいってみると、沼地《ぬまち》に尻尾《しっぽ》がおちていて、オート麦畑に、もうひとつ、ポツンとした穴《あな》があった。

「なんと」二番目の小悪魔《こあくま》は、心の中でつぶやいた。「こりゃきっと、あいつらにわるいことがおこったにちがいない。ならば、おれがやらなければ。あの馬鹿をとっちめてやる」

小悪魔《こあくま》は、イワンをさがしに出かけた。そのころイワンは、畑仕事をもうすっかりおえてしまっていて、森で木を切りたおしていた。兄弟三人がいっしょにくらすには、いまの家では、てぜまになったので、兄たちが馬鹿のイワンに、森で木を切って、新しい家を建てろと、いいつけたからだ。

イワンを見つけた小悪魔《こあくま》は、木をたおすじゃまをしてやろうと枝《えだ》にのぼった。そうとは知らないイワンは、木をひらけた場所にたおそうと、受け口をいれて、その反対側から斧《おの》を打った。ところが、いざ、たおしてみると、とんでもない方向にかたむき、木の枝《えだ》があちこちの木に引っかかってしまった。

そこで、イワンは、手近な木でてこを作り、引っかかった木をてこでおしあげてむきをかえ、ようやく地面にたおすことができた。そして、つぎにとりかかると、またしても、木は、おもってもない方向にたおれ、これまたさんざん苦労して、どうにかたおすことができた。つづく三本目も、またぞろそんな調子《ちょうし》だった。

イワンは、きょうは五十本くらい木を切りたおして、葉枯《はが》らしさせておくつもりだったが、まだ十本もたおさないうちに、あたりがくらくらくなってきた。

イワンは、もうくたくたで、体から湯気《ゆげ》がポッポッとあがり、その湯気《ゆげ》が霧《きり》のように森をただよった。それでもイワンは、仕事をやめようとせず、さらにもう一本、木のねもとに受け口をいれたが、背中《せなか》がズキズキして、もう力がはいらなかった。そこでイワンは、斧《おの》を木に打ちこんだまま、その場にすわりこんでしまった。

小悪魔《こあくま》は、イワンが弱っておとなしくなったのを見ると、ほくそ笑《え》んでよろこんだ。

「そら、やっこさん、ようやくへばって、仕事をおっぽりだした。これでおれもひとやすみできるぞ」

小悪魔《こあくま》は、枝《えだ》にまたがって、にやにやした。

ところがそのとき、イワンは、やにわに立ちあがり、斧《おの》をぬきとると、木の反対側にまわって、せいやと斧《おの》を打ちこんだ。

すると、木は、メリメリと音をたて、ドサーンといきおいよくたおれた。不意《ふい》をくらった小悪魔《こあくま》は、足をのけるひまもなく、おれた枝《えだ》に足をはさまれてしまった。

イワンが、たおした木の枝《えだ》を切りおとしていると、身動きのとれない小悪魔《こあくま》を見つけた。

「ちぇっ！　きたならしいやつ。また出てきやがったか」イワンは、おどろいていった。

「ちがいます、あれとはべつです。わたしは、あなたの兄、タラスのところからきたのです」

「そんなこと知ったことか。きさまも、おなじようにしてくれる！」イワンはそういって、斧《おの》を手にとると、刃《は》の反対側でたたこうとした。

すると、小悪魔《こあくま》は、泣き声をあげていった。

「どうか、たたかないでください！　おのぞみのことを、なんでもしてさしあげますから！」

「おまえ、なにができるんだ？」

「あなたのほしいだけ、お金を作ることができます」

「よし。じゃあ、ひとつ、こさえてみろ」

そこで、小悪魔《こあくま》はいった。

「この樫《かし》の木の葉っぱをですね、手の中でもんでください。そうすれば、それが金貨《きんか》になって、パラパラッと地面におちてきますから」

イワンは、いわれたとおり、樫《かし》の木の葉っぱをひろい、手でもんでみると、ほんとうに金貨《きんか》がパラパラとおちてきた。

「こいつは、いい。ひまなとき、子どもたちとあそぶのにもってこいだなぁ」

「では、もういかせてください」と、小悪魔《こあくま》はいった。

「よしよし」イワンはそういうと、てこをつかって、小悪魔《こあくま》を枝《えだ》からはなしてやった。「さ、いけ。神さまと共《とも》にあらんことを」

イワンが〈神さま〉と、口にするやいなや、小悪魔《こあくま》は、水の中に石がおちるように、ストンと地面にもぐっていって、あとには、ポツンとした穴《あな》だけがのこった。

6

三

人の兄弟は、新しい家が建つと、それぞれわかれてくらすようになった。収穫作業《しゅうかくさぎょう》もすっかりすませてしまったイワンは、ビールを醸《かも》して、兄さんたちをごちそうにまねいた。

ところが、ふたりは、「百姓《ひゃくしょう》の酒盛《さかも》りなんかに、いく気になれんよ」といって、およばれには、こなかった。

イワンは、気にせず、ほかの百姓《ひゃくしょう》たちにごちそうをふるまって、自分もビールをのんでよっぱらい、村の通りでやっていた、女たちの輪《わ》おどりを見にいった。そして、おどっている女たちをつかまえると、自分に祝《いわ》いの歌をうたってくれ、とたのんだ。

「そうすりゃ、いままで見たこともないようなものをくれてやるから」と、イワンはいった。

女たちはわらって、イワンに祝《いわ》い歌をうたってやると、「さあ、おくれよ」といった。

「よしきた。すぐにもってこよう」イワンはそういうと、種まきのかごを手にとり、森の中へかけていった。

「ほんと、馬鹿だねぇ」女たちは、そういってわらうと、イワンのことなどわすれてしまった。

しばらくすると、イワンが種まきのかごを、なにかでいっぱいにして、かけもどってきた。

「さあ、どれどれ。こいつをくれてやろうかね」と、イワンはいった。

「くれるんなら、なんでもおくれ」と、女たちはいった。

イワンは、種まきかごの中のものをひとつかみして、女たちにむかってなげてやった。

すると、とたんに大さわぎになった。

女たちは、それが金貨《きんか》だとわかると、わっととびかかり、男たちもはしってきて、引ったくりあったり、うばいあったりしはじめた。ひとりのばあさんなんかは、あやうくおしつぶされそうになった。

　イワンは、わらっていった。

「こらこら、馬鹿ども。ばあさんをおしつぶす気か？　ほら、もっとやるからあわてるな」

　イワンは、もっと金貨《きんか》をばらまいた。すると、さらに人があつまってきて、とうとう金貨《きんか》は、一まいもなくなってしまった。それでもみんなは、もっとくれ、もっとくれ、といった。

「もうおしまいだ。そのうちまたやろう。さあ、こんどはおどろうじゃないか。歌もうたってくれ！」と、イワンはいった。

　そこで、女たちがうたいだした。

　すると、ちょっとして、イワンがいった。

「どうも、おめえたちの歌には、気乗りがしねぇな」

「じゃあ、どんなのがいいのよ」と、女たちがいった。

「よし、おれがきかしてやる」

イワンは、納屋《なや》へいって、藁束《わらたば》を手にとると、それをかるくふって刈《か》り口を地面にトントンとやり〈おれのしもべにいいつけじゃ、おまえはただの束《たば》でなく、藁《わら》の数だけ兵になれ〉と、となえた。

すると、藁束《わらたば》がパラパラッとひろがって、一本一本が兵士《へいし》になり、ブカブカドンドンとやりはじめた。

イワンは、兵士《へいし》たちに歌をうたうよう命じ、いっしょに通りへ出て、うたいはじめた。それを見たみんなは、おどろいたのなんの。

兵士《へいし》たちの歌がおわると、イワンは、みんなについてくるなといいつけて、兵士《へいし》たちを納屋《なや》へつれていき、もとの藁束《わらたば》にしてしまうと、藁束《わらたば》の山の上にほうりなげておいた。そして、よっぱらったまま家に帰ると、寝部屋《ねべや》にたどりつくまえに力尽《つ》き、土間《どま》でねむってしまった。

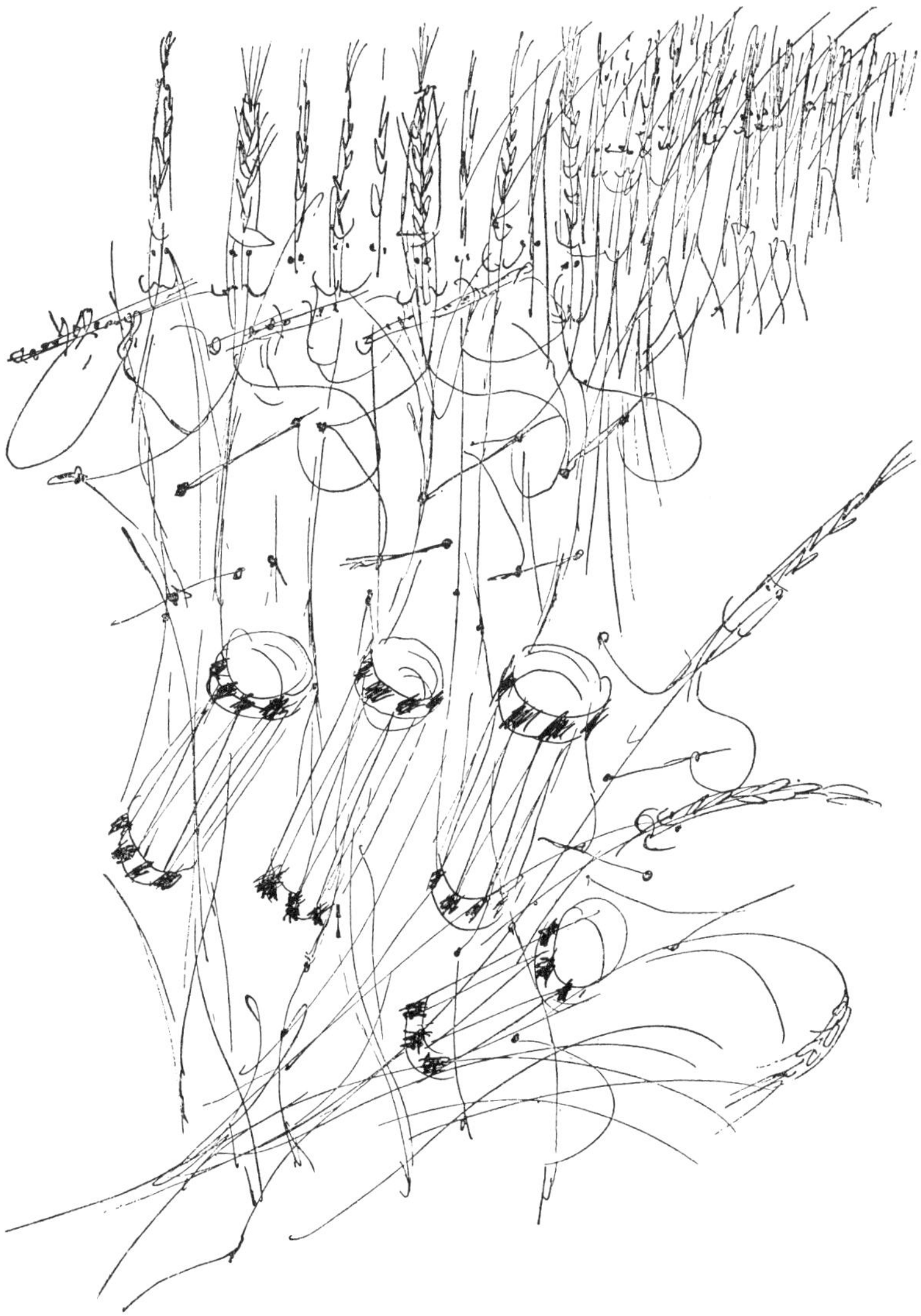

7

つぎの日の朝、この話を聞きつけた軍人のセミヨンは、イワンのところへいった。

「おい、イワン。きのう、おまえがつれてきたっていう兵士《へいし》たちは、どこにいるんだ？」

「それを聞いて、どうするね？」と、イワンはこたえた。

「どうするも、こうするもあるか！　兵士《へいし》がいれば、なんだってできるじゃないか。国を手にいれることだってできるんだぞ」

すると、イワンは、びっくりしていった。

「なんと、なんでそれをすぐにいわなかったんだい？　それならほしいだけこしらえてあげよう。ちょうどおれとマラーニャとで、藁束《わらたば》をうんと作っておいたから」イワンは、そういって、セミヨンを納屋《なや》へつれていった。

「じゃあ、これから兵士《へいし》をこしらえてあげるけど、ただし、その兵士《へいし》たちを村の外へつれていかなくちゃならないよ。ここで兵士《へいし》たちを食わせるとなったら、一日で村の食料がなくなっちまうからなぁ」と、イワンはいった。

軍人のセミヨンは、すぐに村の外へつれていくと約束《やくそく》したので、イワンは、兵士《へいし》を作りはじめた。藁束《わらたば》をひとつかみとって、刈《か》り口を地面にトントンとやって呪文《じゅもん》をとなえると、たちまちひと中隊があらわれ、もうひとつかみトントンやると、ふた中隊といったぐあいで、あっというまに原っぱが兵士《へいし》でうめつくされた。

「どうだい？　これくらいでいいかい？」と、イワンが聞くと、セミヨンは、大よろこびで、「ああ、とうめんはじゅうぶんだ。ありがとう、イワン！」といった。

「じゃあ、たりなくなったら、またくるといい。もっとこしらえてあげよう。ことしは、藁束《わらたば》がたくさんあるからなぁ」

軍人のセミヨンは、さっそく軍隊を指揮《しき》し、隊列をととのえさせると、戦争をしに出かけていった。

すると、すれちがいで、きのうの話を聞きつけた商人のタラスもやってきた。

「おい、イワン。きのう、おまえがばらまいた金貨《きんか》は、どこで手にいれたんだ？　あれくらいおれにもあれば、それでまた、世界中の金をあつめることができるんだが」

すると、イワンは、びっくりしていった。

「なんと、なんでそれをすぐにいわなかったんだい？　それならほしいだけこしらえてあげよう」

それを聞いて、タラスはいった。

「種まきかご、三杯分《さんばいぶん》はくれよな」

「よしよし。じゃあ、馬に荷車を引かせて、森へいこう。重くてもっては、はこべないから」

ふたりが森へつくと、イワンは、樫《かし》の木の葉っぱをひろい、手の中でもみはじめた。すると、金貨《きんか》がパラパラとおちてきて、山のようになった。

「どうだい？　これくらいでいいかい？」と、イワンが聞くと、タラスは、大よろこびで、「ああ、とうめんはじゅうぶんだ。ありがとう、イワン！」といった。

「じゃあ、たりなくなったら、またくるといい。もっとこしらえてあげよう。葉っぱなら、いくらでもあるからなぁ」

商人のタラスは、荷車に金貨《きんか》をどっさりつんだまま、また商売をしに出かけていった。

こうしてふたりの兄は、また家からいなくなった。セミヨンは、戦争をして国を手にいれ、タラスは、商売をしてお金をどっさりかせいだ。

しばらくして、ふたりの兄は、会うことになり、セミヨンは兵士《へいし》を、タラスは金貨《きんか》を、どのようにして手にいれたかということを打ちあけあった。

セミヨンは、タラスにいった。

「おれは、国を攻《せ》めとって、いいくらしをしている。ただ、金がたりない。兵士《へいし》たちを食わせるには、金がかかるからな」

こんどは、タラスが、セミヨンにいった。

「おれは、金を山ほどかせいだけれど、かなしいかな、それをまもってくれる兵士《へいし》がいない」

そこで軍人のセミヨンがいった。

「じゃあ、またイワンのところへいこうじゃないか。おれがあいつにもっと兵士《へいし》を作らせて、おまえにやるから、それで金をまもらせたらいい。そして、おまえは、あいつに、おれの兵士《へいし》たちを食わせるだけの金を作るようにいってくれ」

こうしてふたりの兄は、そろってイワンの家へいき、セミヨンがイワンにいった。

「なあ、兄弟。おれには、まだ兵士《へいし》がたりないんだ。もっと作ってくれないか。藁束《わらたば》二つ分ぐらいでいいからさ」

すると、イワンは、首をよこにふっていった。

「いいや、兄さんには、もう兵士《へいし》をこしらえてやらない」

「なんでだ？　おまえは、どれだけも作ってやるといったじゃないか」

「いったことはいったが、それでもだめだ」

「おい、この馬鹿！　どうしてだよ」

「兄さんの兵士《へいし》が、人を殺《ころ》したからだ。このあいだ、道ばたの畑を耕《たがや》してたら、棺桶《かんおけ》を引かせた女が、おいおいと泣きながら、道をあるいてたんだ。そこで、おれが、『だれか亡《な》くなったのか？』って聞いたら、女が、『セミヨンの兵士《へいし》たちが、戦争でうちの夫《おっと》を殺《ころ》しちまった』って、いうじゃないか。おれは、兵士《へいし》というものは、歌をうたってくれるものとばかりおもってたのに、人を殺《ころ》すだなんて！　だからもう、こしらえてやらない！」

こうして、イワンは、頑《がん》として、兵士《へいし》を作ろうとしなかった。

つぎに、タラスが、もっと金貨《きんか》を作ってくれるようにと、イワンにたのんだ。

すると、またしても、イワンは、首をよこにふっていった。

「いいや、兄さんには、もう金貨《きんか》をこしらえてやらない」

「なんでだ？　おまえは、どれだけも作ってやるといったじゃないか」

「いったことはいったが、それでもだめだ」

「おい、この馬鹿！　どうしてだよ」

「兄さんの金貨《きんか》が、ミハイロウナのところの牝牛《めうし》をとりあげちまったからだ」

「なんだいそりゃ。どうしてとりあげたって？」

「どうもこうもないさ。ミハイロウナのところには、牝牛《めうし》が一頭いて、子どもたちが、その乳《ちち》を飲《の》んでたのに、このあいだ、そこの子どもたちが、おれのところに牛乳《ぎゅうにゅう》をもらいにきたんだ。そこで、おれが、『おまえたちの牝牛《めうし》はどうした?』って聞いたら、子どもたちが、『商人のタラスのところの管理人がやってきて、母ちゃんに金貨《きんか》三まいやる代わりに、うちらの牛を引いていっちまった。だから飲《の》む乳《ちち》がなくなった』って、いうじゃないか。おれは、兄さんが金貨《きんか》であそびたいのだとばかりおもってたのに、子どもたちから牝牛《めうし》をとりあげちまうだなんて! だからもう、こしらえてやらない!」

こうして、イワンは、また頑《がん》として、金貨《きんか》を作ろうとしなかった。

そこでふたりの兄は、しかたなく帰っていった。ただ、ふたりは、それでもどうにかして助けあえないかと話しあった。

「じゃあ、こうしよう」と、セミヨンが、タラスにいった。

「おまえが金をくれるなら、おれは、その金で兵士《へいし》を食わせる。その代わり、おれの国半分と、それに見あうだけの兵士《へいし》をやるから、おまえは、その兵士《へいし》たちに自分の金をまもらせるといい」

タラスは、賛成《さんせい》して、そのとおりにした。

そして、セミヨンとタラスは、それぞれの国の王さまになって、ますます金持ちになっていった。

8

一方、イワンはというと、あいかわらず、両親をやしないながら、妹のマラーニャといっしょに百姓《ひゃくしょう》仕事をつづけていた。

あるとき、イワンの家で飼っていた年老《としお》いた犬が、ダニにさされて病気になり、死にかけたことがあった。イワンは、かわいそうにおもって、マラーニャからパンをもらうと、それをぼうしにいれ、犬のところへもっていってなげてやった。

ところが、ぼうしに穴《あな》があいていたものだから、パンをなげたひょうしに、木の根っこが一本、ぼうしから、ポロリとおちて、年老いた犬は、そのままパンといっしょに食べてしまった。

すると、犬は、根っこをのみこむがはやいか、ピョンとはねあがって、ぐるぐるはしりまわったり、ワンワンほえたり、しっぽをブルンブルンふったりして、すっかり元気になった。

イワンの両親は、それを見ておどろいた。

「おまえ、いったいどうやって、この犬をなおしたんだい？」

と、ふたりはたずねた。

「ああ、おれは、木の根っこをふたつもっていて、食べるとどんな病気でもなおしてしまうんだが、その一本をこの犬が食べたんだよ」と、イワンはいった。

ちょうどそのころ、イワンたちが住んでいる国の王女が、重い病にかかっていた。王さまは、ひとり娘《むすめ》である王女をたいへ

ん心配し、王女の病をなおした者には、ほうびをたくさん出すし、もし、その者が独身《どくしん》の男であれば、王女を嫁《よめ》にやってもよい、というおふれを町や村に出した。そして、その知らせは、イワンの村にもとどいた。

そこで、イワンの両親は、イワンをよんでいった。

「おい、イワン。おまえも王さまのおふれのことは聞いたろう？　それでおまえは、どんな病気でもなおす根っこをもっているといっていたが、それならひとつ、王さまのところへ出かけていって、王女さまの病気をなおしてやったらどうだい？　そうすりゃ、一生、楽にくらせるよ」

「ああ、いいとも」イワンはそういって、さっそく出かけることにした。

イワンが、よそゆきの服に着がえて家を出ると、戸のまえに、年老《としお》いた物乞《ものご》いの女が立っていた。見ると、手のゆびの関節《かんせつ》が、へんな方向にまがっていた。

「あたしゃ、あなたさまが、どんな病気でもなおせると聞きましただ」と、物乞《ものご》いの女はいった。「どうかあたしのこの指をなおしてくださらんか。これだと、ろくにくつもはけやしない」

「ああ、いいとも」イワンはそういって、根っこをとりだすと、これをお食べと、物乞《ものご》いの女に手わたした。

物乞《ものご》いの女は、根っこをのみこむがはやいか、すぐに指がなおってしまって、おまけにうでまでブンブンとふりまわせるようになった。

ちょうどそのとき、イワンを王さまの宮殿《きゅうでん》までおくっていこうと、両親が家から出てきた。そして、イワンが、一本きりの根っこを物乞《ものご》いの女にやってしまい、王女の病をなおせなくなってしまったことを知ると、ふたりして、イワンをののしった。

「おまえは、物乞《ものご》いの女はかわいそうで、王女さまは、かわいそうじゃないのかい!」

すると、イワンは、王女もかわいそうにおもえてきた。そこで、荷車に馬をつけると、藁束《わらたば》をつんでのりこんだ。

「おい、馬鹿！　おまえは、いったいどこへいく気だい？」

両親がイワンに聞いた。

「王女さまをなおしにさ」

「だって、もうなおすものがないじゃないか」

「まあ、そうだが、なんとかなるさ」イワンはそういって、馬に鞭《むち》をいれると、村を出ていった。

そして、イワンが王さまの宮殿《きゅうでん》につき、入口の階段《かいだん》に一歩足をふみいれたとたん、ふしぎなことに、たちまち王女の病がなおってしまった。

王さまは、大よろこびして、すぐにイワンをよびよせると、ごうかな服を着せ、「さあ、おまえは、きょうから、わしの息子だ」と、おっしゃられた。

「ああ、いいとも」と、イワンはこたえ、すぐに王女と結婚《けっこん》した。
そして、そのあと、王さまがお亡《な》くなりになったので、イワンが王さまになった。
　こうして、三人の兄弟は、それぞれの国の王さまになったのだった。

9

三人の兄弟は、それからしばらく、それぞれの国をおさめていた。

　一番上の軍人のセミヨンは、けっこうなくらしぶりだった。藁《わら》の兵隊にくわえ、ほんものの兵士《へいし》たちもあつめて、りっぱな軍隊をそろえていた。国じゅうにおふれを出して、十軒《じっけん》ごとに一人、兵士《へいし》を出すよう命じ、また、その兵士《へいし》は、背《せ》が高くて色白で、顔がきれいな男でないとだめだった。

セミヨンは、そうやってたくさんの兵士《へいし》をあつめて訓練《くんれん》し、自分にさからうような者があれば、すぐに兵隊をおくりこみ、武力《ぶりょく》で強引におさえつけたので、みな、セミヨンをおそれるようになった。

毎日のくらしは、ぜいたくそのもので、やりたいことや、目にとまったものは、すべておもいのままだった。なにごとにも兵隊をさしむけさえすれば、兵士《へいし》たちが、ほしいものをとりあげてきたり、つれてきたりしてくれたからだ。


商人のタラスも、けっこうなくらしぶりだった。タラスは、イワンにもらった金貨《きんか》をうしなうことなく、それをつかってもっとお金をふやし、さらには、国の法律《ほうりつ》をうまく作った。自分のお金は、金庫にしまっておきながら、みんなには、いろいろな税金《ぜいきん》をかけてお金をとりたてたのだ。

人頭税《じんとうぜい》、ウォッカ税《ぜい》、ビール税《ぜい》、結婚税《けっこんぜい》や葬儀税《そうぎぜい》、通行税《つうこうぜい》や車馬税《しゃばぜい》、はたまた、衣装税《いしょうぜい》や靭皮靴《ラーポチ》（＊3）税《ぜい》や脚絆《ポルチャンキ》（＊4）税《ぜい》というものまであった。

　おかげで、タラスのくらしもぜいたくそのもので、ほしいものなら、なんでも手にはいった。タラスの国の人たちは、いつもお金にこまっていたから、お金さえ見せれば、だれもがなんでももってきてくれるし、はたらいてもくれたからだ。

　馬鹿のイワンのくらしも、まんざらではなかった。亡《な》くなった王さまの葬儀《そうぎ》をすませると、イワンは、王さまの衣装《いしょう》をそっくりぬぎすて、お妃《きさき》にわたしてタンスにしまわせ、まえとおなじ麻《あさ》のシャツを着て、ももひきと靭皮靴《ラーポチ》をはいた。

「もうたいくつでしかたがない」と、イワンはいった。「食べるばかりで腹《はら》だけがせりでてきやがる。食欲《しょくよく》もわかないし、ろくにねむれもしない」

そして、イワンは、両親と妹のマラーニャをよびよせて、また百姓《ひゃくしょう》仕事をはじめた。

するとまわりの者たちが、イワンにいった。

「なにをなさってるんです？　あなたは、王さまですよ！」

「そりゃそうだが、王さまだって、はたらかなきゃならんよ」

と、イワンはこたえた。

ある日、大臣《だいじん》がイワンのところへやってきていった。

「王さま、給料《きゅうりょう》をはらうお金がなくなってしまいました」

「よしよし、なかったら、はらわぬがよい」と、イワンはこたえた。

「しかし、そうしますと、王さまにお仕《つか》えする者がいなくなってしまいます」

「よしよし、仕《つか》えないなら、仕《つか》えなくてよい。そうしたら、みんなも、のびのびとはたらけるだろう。ひとつ、肥《こ》やしをはこばせるといい。これまでの仕事なんて、そのていどのものだったんだから」

それから、もめごとをおこした男が、イワンのところへやってきていった。

「あいつが、おれの金をぬすみやがった！」

「よしよし、つまりほしかったのだろう」と、イワンはこたえた。

こうして、みんなは、だんだんイワンが馬鹿だということに気づきはじめた。

ある日、お妃《きさき》がイワンにむかっていった。

「王さま、みんながあなたのことを馬鹿だともうしております！」

「よしよし、つまりおれは馬鹿なのだろう」と、イワンはこたえた。

お妃《きさき》は、そういわれて、いろいろかんがえはじめた。そして、よくよくかんがえたあげく、このお妃《きさき》も馬鹿だったものだから、

「どうして夫《おっと》である王にさからうことができよう。針《はり》がいくところ、糸もついていかなければ！」といって、着ていたローブをぬぎ、タンスにしまいこむと、妹のマラーニャに百姓《ひゃくしょう》仕事を習いにいった。そして、仕事をすっかりおぼえてしまうと、夫《おっと》をたすけてはたらくようになった。

こうして、イワンの国にいたかしこい人たちは、みんな、国を出ていってしまい、馬鹿たちだけがのこった。イワンの国では、だれもお金をもたず、みんなが自らの手ではたらいて食べ、ほかの人たちも食べさせてやるのだった。

＊3　白樺（しらかば）などの靭皮（じんぴ）で編まれた、わらじのような履物（はきもの）

＊4　靴下（くつした）の代わりに足に巻く布

10

老《ろう》悪魔《あくま》は、小悪魔《こあくま》たちから、三人の兄弟をやっつけた、という知らせを待っていたが、いっこうにその知らせはとどかなかった。そこで、いったいどうなっているのか見にいってやろうと、小悪魔《こあくま》たちをさがしに出かけた。あちこちさがしまわったが、三びきのすがたはどこにも見あたらない。ただ、地面に三つ、ポツンとした穴《あな》だけが見つかった。

「なるほど。あいつらには、ちと荷が重すぎたか。ならば、おれさまの手でやるほかあるまい」と、老悪魔《ろうあくま》はかんがえた。

そこでこんどは、三人の兄弟をさがしに出かけたが、三人とも、もとの場所には、もういなかった。なんと、兄弟たちは、それぞれ自分の国をもっていて、王さまになっているのではないか。それを知った老悪魔《ろうあくま》は、怒《いか》りで体をふるわせた。

「よぉし、そうなれば、いよいよこのおれさまが、出陣《しゅつじん》あそばすぞ」

老悪魔《ろうあくま》は、まず、軍人のセミヨンの国へ出かけた。そして、司令官《しれいかん》のすがたに化《ば》けると、セミヨン王のまえへすすみでた。

「王さま、あなたは、すぐれた軍人だとお聞きしました。わたくしも兵法《へいほう》には通じておりますゆえ、ぜひともあなたさまの下ではたらきたいとおもい、はせさんじました」と、司令官《しれいかん》はいった。

セミヨン王が、いくつかものをたずねてみると、なかなかかしこい男だとわかったので、セミヨン王は、この男を召《め》しかかえることにした。

新しい司令官《しれいかん》となった老悪魔《ろうあくま》は、さっそく強大な軍隊を作りましょうと、セミヨン王に提案《ていあん》した。

「そのためには、まず、もっと多くの兵士《へいし》をあつめなければ

なりません」と、新司令官《しれいかん》はいった。「あなたの国では、まだたくさんの若者《わかもの》が、ぶらぶらしているではありませんか。若者《わかもの》は全員、かたっぱしからあつめて、兵士《へいし》にしなければなりません。そうすれば、いまの五倍の軍隊ができあがります。そして、つぎに、最新式の鉄砲《てっぽう》と大砲《たいほう》を作らせるのです。鉄砲《てっぽう》は、まるで豆をまくがごとく、一度に百発の弾丸《だんがん》がとびだすやつで、そのひとつひとつが爆発《ばくはつ》しますから、あたれば、たちどころに、なにもかもやっつけてしまいます。大砲《たいほう》の方は、火炎《かえん》を吹《ふ》きだすやつにしましょう。こいつは、人であろうと、馬であろうと、城壁《じょうへき》だろうと、なんだって焼《や》きはらってしまうのです」

セミヨン王は、新司令官《しれいかん》の提案《ていあん》を聞きいれ、まずは、若者《わかもの》をかたっぱしから兵士《へいし》にとるよう命じ、つぎに新しい工場を建てて、最新式の鉄砲《てっぽう》と大砲《たいほう》をたくさん作りあげると、さっそくとなりの国へ戦争をしかけた。

セミヨン王は、敵《てき》の軍隊があらわれると、「撃《う》て！」と命じ

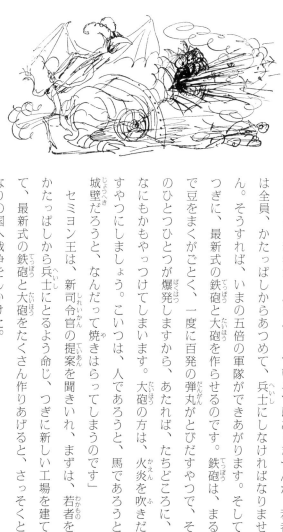

て、鉄砲《てっぽう》と大砲《たいほう》を発射《はっしゃ》させた。すると、あっというまに、敵軍《てきぐん》の半分がたおれ、灰《はい》になってしまった。となりの国の王さまは、ふるえおののき、すぐさま降参《こうさん》して、自分の国をさしだした。

この結果に、セミヨン王は、小おどりしてよろこんだ。

「よし、こんどは、インド王をたおしてやろう」

ところが、インド王は、そのうわさを聞きつけて、セミヨン王のやりくちをすっかりまねたうえに、新たな策《さく》もつけたした。男だけにかぎらず、独身《どくしん》の女も兵士《へいし》にとったのだ。これにより、インド軍は、セミヨン軍よりも、はるかに大きな軍隊となった。くわえて、セミヨン軍とおなじ鉄砲《てっぽう》と大砲《たいほう》を作り、さらには、空から爆弾《ばくだん》をおとす飛行機《ひこうき》も開発《かいはつ》した。

なにも知らないセミヨン王は、インド王に戦争をしかけ、こんどもまた、ちょちょいとやっつけるつもりでいた。ところが、そうはいかなかった。インド王は、セミヨン軍の弾丸《だんがん》がとどかないうちから、女たちが乗った空軍部隊《くうぐんぶたい》をおくりだし、セミヨン軍の頭の上に、爆弾《ばくだん》をわんさとおとさせた。まるでゴキブリにホウ酸《さん》をふりかけるように爆弾《ばくだん》がばらまかれたので、セミヨン王の軍隊は、散り散りになって退散《たいさん》し、ついには、セミヨン王ひとりだけになってしまった。

こうしてインド王は、セミヨン王国をうばいとり、セミヨンは、めくらめっぽう、はしって逃《に》げていったのだった。

セミヨンをかたづけた老悪魔《ろうあくま》は、つぎに商人のタラスの国へむかった。そして、こんどは、商人のすがたに化《ば》けて、タラス王の国に住みつき、店をかまえて、お金をばらまきはじめた。

商人は、どんな品物や、どんな労働《ろうどう》にたいしても、高い代価《だいか》をはらったので、国じゅうの人たちが、お金ほしさに、商人のもとへかけこむようになった。

そのうち、みんなのふところには、お金がどっさりたまりはじめ、タラス王への借金《しゃっきん》や、あらゆる税金《ぜいきん》を期限《きげん》どおりにきちんとおさめることができるようになった。

このことに、タラス王は、小おどりしてよろこんだ。

「ありがたい。あの商人のおかげで、おれの金はますますますふえるし、おれのくらしは、ますますよくなるぞ」

タラス王は、よし、それならばと、新しい宮殿《きゅうでん》を建てることにした。みんなにむかって、木材や石をはこび、宮殿《きゅうでん》を建てるようにと、おふれを出した。木材や石には高い代金《だいきん》を、労働《ろうどう》には高い賃金《ちんぎん》をしはらうというのだ。タラス王は、いつものように、またみんなが、お金ほしさにおしかけてくるにちがいない、とおもっていた。

ところが、そうはいかなかった。みんなは、木材や石をタラス王のところにではなく、商人のもとへはこび、はたらく人たちも、商人のもとへおしかけた。

そこでタラス王は、商人よりも代金《だいきん》や賃金《ちんぎん》をせりあげた。すると、商人は、それ以上の値《ね》にせりあげてきた。タラス王は、

アノニマだより

anonima st.

35

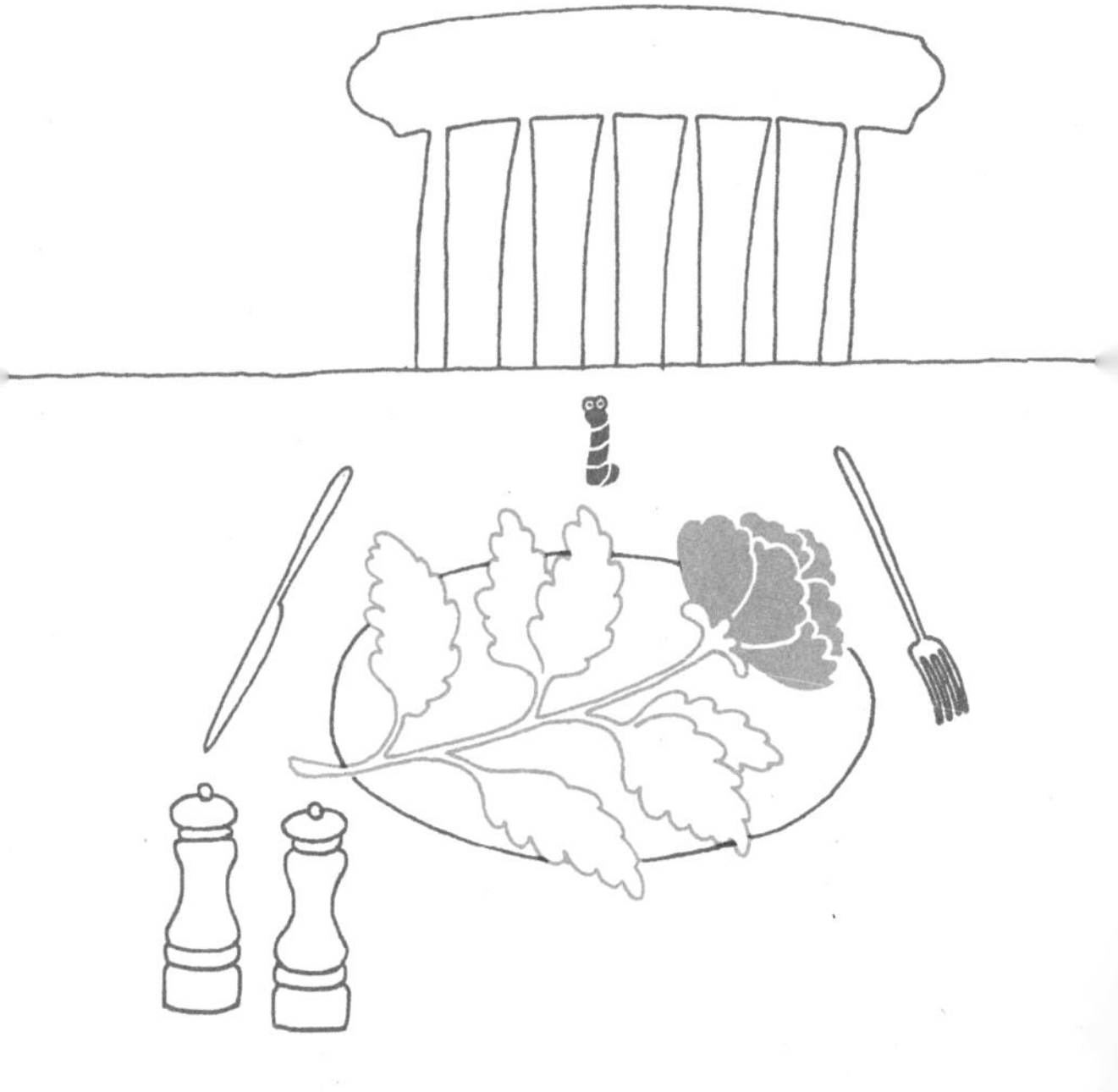

アノニマ・スタジオの本

二〇二〇年冬〜二〇二一年春

賢い大人は、結局、何事も成し得ないのだ。愚直に信じるところを貫いて働く者だけが世界を変えるのだ。

（出口治明氏推薦文より）

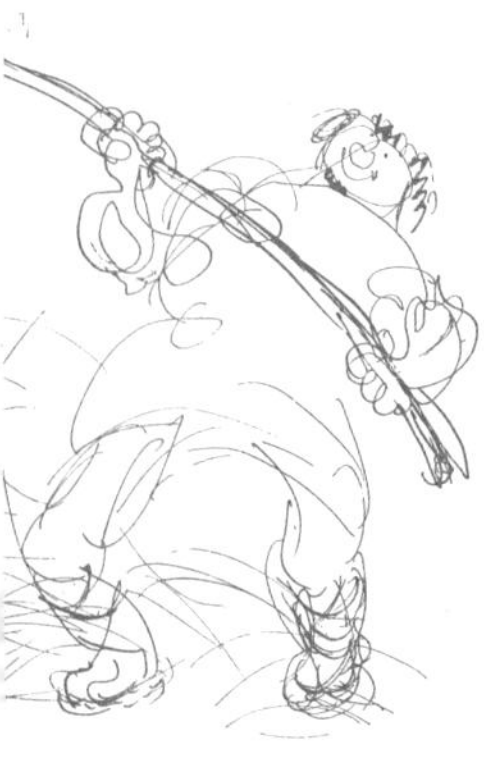

ロシアの文豪・トルストイによる140年以上前の名作『イワンの馬鹿』に、絵本作家のハンス・フィッシャーが挿絵をつけた幻のコラボレーション作品。子どもの本の翻訳家・小宮由さんによる新訳です。小宮さんは、トルストイの翻訳家・故北御門二郎さんのお孫さん。おふたりの人生を変えた作品を、現代の読者に届けるべく新訳していただきました。世代を問わず広く読んでいただきたい名作です。手触りのある装丁で、プレゼントにもおすすめです。

■推薦文

地域起こしのキーワードに「よそ者、バカ者、若者」という言葉がある。つまり賢い大人は、結局、何事をも成し得ないのだ。愚直に信じるところを貫いて働く者だけが世界を変えるのだ。トルストイの「イワンの馬鹿」のテーマは、突き詰めればそこにあるのではないか。（中略）新訳は文章がこなれていて、とても読みやすい。「イワンの馬鹿」のような古典は、誰もが名前は知っているが実は読んだ人は意外に少ないものだ。ステイホームの時代、ぜひこの新訳でトルストイの名作を味わってほしい。大人も子どもも楽しめること、請け合いだ。

出口治明氏（立命館アジア太平洋大学学長）

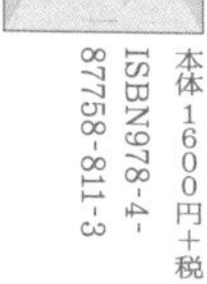

イワンの馬鹿

作／レフ・トルストイ
絵／ハンス・フィッシャー
訳／小宮由

本体1600円＋税

ISBN978-4-87758-811-3

編集室から

●よりよい未来と持続可能な社会をつくるために何をしたらいい？「SDGs（持続可能な開発目標）」について、普段の暮らしのなかでできることを書籍やWebでお伝えしていきます。ぜひご覧ください。●良原リエさんの人気Web連載「食べられる庭図鑑」がついに書籍になります。大きな庭がなくても、初心者さんでも、大丈夫。気軽に家庭菜園してみませんか。庭づくりにぴったりの季節、春に刊行予定です。お楽しみに！●メールマガジ
「Web版アノニマだより
していています。新刊や
らせ、人気の
どを

村讓
ザイン／関宙明（ミスター・ユニバース）

2F te
@anonim
でお求めい
ドをお伝え
せんか？
-668
内「書店・雑貨店に在庫がない場合は、
央出版」です。

普段はあり合わせの料理ばかりですが、
故郷の味が恋しくなると、その時季に
せっせと作っては食べています。

具材がごろごろ入った醤油ベースの芋煮は、
寒くなると必ず食べたくなる東北の味。
桜が終わる頃には、コシアブラの天ぷらやパスタ。
暑い夏は、野菜や薬味を粗いみじん切りにして
納豆昆布と一緒にめんつゆで和えた「だし」。
塩茹でしただけのご馳走、だだちゃ豆。

好物が旬のものだと、年中食べるのにいそがしい。
食欲は、ずぼらな人間をも動かす原動力。

慣れ親しんだ味には、
ときどき帰りたくなるような引力があるようです。

アノニマだよりは、読者の皆さんと
アノニマ・スタジオをつなぐお手紙です。
新しく作った本、おすすめの本、
今作っている本のことなどをご紹介します。
私たちの本が、暮らしの中の大切な時間を見つける
お手伝いになれば、と思います。

アノニマ・スタジオは、
風や光のささやきに耳をすまし、
暮らしの中の小さな発見を大切にひろい集め、
日々ささやかなよろこびを見つける人と一緒に
本を作ってゆくスタジオです。
遠くに住む友人から届いた手紙のように、
何度も手にとって読み返したくなる本、
その本があるだけで、
自分の部屋があたたかく輝いて見えるような本を。

●ホームページ、SNSもご覧ください。本のご案内、日々の活動、連載など情報満載です。
www.anonima-studio.com　instagram www.instagram.com/anonimastudio

パリと生き

著／ジャンヌ・ダマ
訳／徳山素子

20人のパリジェンヌのライ

ナチュラルな自分を愛す

モデルや女優として活躍するジャン
スさんと、元『ELLE』編集長でジャ
リストのローレン・バスティードさんによる自分らしく生きるパリジェンヌを取材したインタビューエッセイです。年齢は14歳から70歳、職業はデザイナー、映画監督、書店主など、さまざまな魅力に溢れる20人の女性が登場します。10か国語に翻訳されて世界中で人気の書籍、待望の日本語版です。コラムには、パリジェンヌによるとっておきのパリ情報をたっぷり収録しています。

3本（
いる本は小説や
ルもさまざま。20
けて読売新聞に掲載された
いしい本」を中心に、同時期に執筆さ
想文と、語り下ろしの対談をまとめた、繰り返し味わいたくなる一冊です。

をやさしく
の手に韓
ちろさ

申込ページからぜひご登録ください。
月に数回お送りします。HPの
の連載やおすすめの本を配信
イベントのお知

イラストレーション／ホ
アートディレクション／

アノニマ・スタジオ
〒111-0051 東京都台東区蔵前2-14-1
http://www.anonima-studio.com info
アノニマ・スタジオの書籍は全国の書店
ご注文ください。ご注文の際にISBNコ
●雑貨店など小売店の方へ
アノニマ・スタジオの本をお店で扱ってみ
くわしくはアノニマ・スタジオホームページ

旬のおすすめ

——今、おすすめしたい本。

朝食の本

細川亜衣

季節の恵みと旅の記憶から生まれた
ゆたかな朝食の料理集

本体2000円+税
ISBN978-4-87758-799-4

イタリアで料理を学び、現在は熊本を拠点に活躍されている料理家、細川亜衣さんの朝食のレシピ集です。旅先の朝食やインスピレーションを受けた食卓から生まれた、旬の庭の実りを食す豊かさを暮らしにもたらす77品と7つの旅のエッセイを収録。世界が広がるメニューを日常に取り入れてみませんか。

旅の断片

若菜晃子

日本旅行作家協会主催
第5回斎藤茂太賞受賞！

本体1600円+税
ISBN978-4-87758-803-8

登山専門出版社の編集者を経て、文筆家として活躍している若菜晃子さんによる、好評既刊『街と山のあいだ』に続く待望の随筆集。さまざまな国の風景や人との交流、旅を通じて深まる思考を静謐な文章で綴っています。旅先はメキシコ、イギリス、インド、スリランカなど。世界中から集めた記憶の断片を味わえます。

ゼロ・ウェイスト・ホーム

ごみを出さないシンプルな暮らし

著／ベア・ジョンソン　訳／服部雄一郎

大好評につき続々重版！
新しい価値観の暮らし方バイブル

本体1700円+税
ISBN978-4-87758-751-2

シンプルでモノを持たず、ごみを出さない暮らし方の実践レシピ集です。具体的な取り組みが紹介されているので、身近なところから少しずつ始めることができます。翻訳は、プラフリー&サステイナブルな暮らしに取り組み、注目されている服部雄一郎さん。日本での実践に役立つヒントも満載です。

お金をたくさんもっていたが、商人は、それ以上にもっていたので、タラス王が、どんなに値《ね》をせりあげても、商人には、かなわなかった。そうして、とうとう、タラス王の宮殿《きゅうでん》作りは、いきづまってしまった。

秋になり、タラス王は、新しい庭園を造《つく》ることにした。またみんなにむかって、はたらきにくるようにと、おふれを出したが、だれひとりやってこなかった。みんなは、商人の庭の池をほりにいっていたのだ。

冬になり、タラス王は、新しい毛皮外套《シューバ》（＊5）がほしくなった。そこで使いの者を出して、クロテンの毛皮を買いにいかせた。ところが、使いの者は帰ってきてこういった。

「クロテンの毛皮は、どこにもありませんでした。商人が、うんと高いお金をはらって、毛皮という毛皮をすべて買いしめてしまったのです。それで、そのクロテンの毛皮で、カーペットを作ったということです」

つぎに、タラス王は、新しい牡馬《おすうま》がほしくなった。そこでまた使いの者を出して買いにいかせたが、使いの者は帰ってきてこういった。

「いい牡馬《おすうま》は、商人がすべて買いしめてしまいました。それで、その牡馬《おすうま》たちに、池の水運びをさせているそうです」

こうして、タラス王が、どんなことを計画しても、だれひとりやってはくれなくて、商人のためなら、みんなは、こぞってやるのだった。

そして、タラス王のもとには、商人がみんなにはらったお金が税金《ぜいきん》としてあつまり、そのお金は、しまっておく場所もないくらいにたまってきたが、ぎゃくにタラス王のくらしむきは、みじめになっていった。

タラス王は、もはや新しいものを作ったり、ほしがったりせず、ただ生きていこうとだけしていたが、仕えて《つか》いた料理人や、御者《ぎょしゃ》や、召使《めしつか》いたちのほとんどが、商人のところへいってしまい、それさえもむずかしくなってきた。

とうとう食べ物もたりなくなってきて、市場へ買いにいかせると、やっぱり商人が、すべて買いしめてしまっていたので、なにも買うことができなかった。そのくせ、みんなは、税金《ぜいきん》にと、お金だけをせっせとタラス王におさめるのだった。

怒《おこ》ったタラス王は、商人を国の外へおいだした。ところが商人は、国を出たすぐの町に店をかまえ、またおなじような商売をつづけたので、国の人たちは、お金にひかれて国から逃《に》げだし、商人のもとへいくようになった。

こうなると、タラス王のくらしは、さんざんだった。何日も食べることができなかったうえ、商人が、「つぎは、タラス王のお妃《きさき》を買いとってやる」と、うそぶいているうわさまでながれてきたので、すっかりおじけづいてしまった。

タラス王が、とほうにくれていると、そこへ、軍人のセミヨンが、命からがら逃《に》げこんできた。

「おい、たすけてくれ。インド王にやられてしまった！」

ところが、タラス王とて、にっちもさっちもいっていなかったので、セミヨンにいいかえした。

「なにいってんだ。おれだって、もう丸二日間、なにも食べてないんだぞ！」

＊5　防寒用（ぼうかんよう）の毛皮のオーバーコート

11

ふたりの兄弟をかたづけた老悪魔《ろうあくま》は、いよいよイワンにとりかかることにした。老悪魔《ろうあくま》は、また司令官《しれいかん》のすがたに化《ば》けると、イワンのもとへいき、軍隊を作るよう提案《ていあん》した。

「国の王たるもの、軍隊もなしにやっていけるものではありません。わたくしめに命令さえしてくだされば、国の中から兵士《へいし》をあつめてお作りします」

イワンは、話をじっと聞いていった。

「よしよし、作るがよい。それで歌がうたえるようしこんでくれ。おれは、歌が大すきだからなぁ」

そこで司令官《しれいかん》は、イワンの国をめぐって、兵士《へいし》をあつめにかかった。頭を刈《か》って、兵士《へいし》になった者には、ウォッカをひと瓶《びん》と、赤いぼうしがもらえると、ふれてまわった。

ところが、イワンの国の馬鹿たちは、わらっていった。

「わしらは、自分たちで醸《かも》すから、酒ならいくらでもあるさ。それにぼうしだっていくらでも作れるだ。女たちが、どんな色のやつでも、どんなつばつきのやつでもな」

こうして、兵士《へいし》になろうとする者は、だれもいなかった。司令官《しれいかん》は、イワンのもとへもどっていった。

「あなたの国の馬鹿どもは、だれも兵士《へいし》になろうとしません。かくなるうえは、力ずくで兵士《へいし》にするほかありません」

「よしよし、力ずくでするがよい」

そこで、司令官《しれいかん》は、イワンの国の馬鹿たちに、すべての者は、兵士《へいし》になって軍隊にはいるように。さもなければ、イワン王が死刑《しけい》に処《しょ》す、というおふれを出した。すると、馬鹿たちは、司令官《しれいかん》のもとへやってきていった。

「あんたは、わしらが兵士《へいし》にならなければ、王さまが死刑《しけい》になさるというが、そもそも軍隊がなにをするものなのかってことを、あんたは、おしえてくれてねぇ。聞くところによると、兵士《へいし》はときどき、ひどい目にあって、死んだりするというでねぇか」

「まぁ、そういうことも、あるにはある」と、司令官《しれいかん》はこたえた。

馬鹿たちは、それを聞くと、声をあらげていった。

「そんなら、兵士《へいし》なんかになんねぇ。なして、よその国さいかされて、知らねぇ人に殺《ころ》されなきゃなんねぇだ？　なにがかなしくて、女房《にょうぼう》を後家《ごけ》にしたり、子どもたちを父《てて》なし子にしたりしなきゃなんねぇだ？　だったら家で死んだ方がましだ。どうせだれでも、一度は死ぬんだから」

「おまえたちは、ほんとうに馬鹿だなぁ」と、司令官《しれいかん》はいった。「たとえ兵士《へいし》になったって、死ぬかどうかは、わからないじゃないか。だが、ここで兵士《へいし》にならなけりゃ、イワン王は、おまえたちをかならず死刑《しけい》になさるんだぞ」

馬鹿たちは、しばらくかんがえこむと、イワン王のもとへいってたずねた。

「司令官《しれいかん》が、わしらのとこへきて、みんな、兵士《へいし》になって軍隊にはいれと、いいました。それで、兵士《へいし》になったら、死ぬかどうかはわからないが、ならなかったら、あなたが、わしらを死刑《しけい》になさると聞きましたが、ほんとうですかい？」

すると、イワンは、わらっていった。

「どうして、おれひとりで、おまえたちみんなを死刑《しけい》にすることができよう？　おれが馬鹿でなかったら、うまく説明《せつめい》してやれるんだが、いかんせん、おれもよくわからんもんでなぁ」

「じゃあ、わしら、兵士《へいし》にならないことにします」

「よしよし、ならなくてよい」

そして、馬鹿たちは、司令官《しれいかん》のもとへいって、兵士《へいし》にはならないと、ことわった。

老悪魔《ろうあくま》は、これではだめだと見てとると、こんどは、となりのタラカン国へいき、タラカン王に、イワンの国へ戦争をしかけましょうと、けしかけた。

「ひとつ、イワンの国を乗っとってやろうじゃありませんか。あの国は、お金こそありませんが、穀物《こくもつ》や家畜《かちく》などが、うんとありますから」

そこでタラカン王は、大軍をあつめ、鉄砲《てっぽう》や大砲《たいほう》をそろえると、イワンの国に戦争をしかけた。

それを見たイワンの国の人たちは、イワンのもとへいって、「タラカン王の軍が、おしよせてきました」と、つたえた。

すると、イワンはこたえた。

「よしよし、おしよせてきたければ、おしよせるがよい」

タラカン王は、イワンの国にはいると、さきに小隊をすすませて、イワンの軍隊がどこにいるかをさぐらせた。ところが、さがしてもさがしても、イワンの軍隊は、どこにも見あたらない。いつどこからあらわれるかと、身をひそめて待つも、いつまでたっても軍隊がくる気配《けはい》はかんじられず、戦おうとする人もいなかった。

そこでタラカン王は、村々をうばってしまおうと、兵士《へいし》たちをまえにすすませた。兵士《へいし》たちが村へはいっていくと、馬鹿の男たちや女たちは、家からとびだしてきて、ものめずらしそうに兵士《へいし》たちをながめだした。兵士《へいし》たちは、そのまま穀物《こくもつ》や家畜《かちく》をうばいはじめたが、馬鹿たちは、ただだまってわたして、とめようともしなかった。

つぎの村にいっても、おなじだった。兵士《へいし》たちは、一日、二日とすすんでいったが、どこの村でも、馬鹿たちは、穀物《こくもつ》や家畜《かちく》をまもろうともせず、ぜんぶもたせてやって、そればかりか、兵士《へいし》たちを引きとめて、いっしょにくらさないか、というのだった。

「なぁ、おまえさん方や、そんなに国のくらしがきびしいんなら、わしらんとこでくらさねぇかい?」

兵士《へいし》たちは、さらにすすんでいったが、やっぱりイワンの軍隊は、どこにも見あたらなかった。

馬鹿たちは、ただ自分で育てたものを食べ、それを人にも分けあたえ、わが身もまもらず、兵士《へいし》たちを見れば、いっしょにくらさないかと、すすめるばかりだったのだ。

兵士《へいし》たちは、すっかりひょうしぬけして、タラカン王のもとへもどっていった。

「ここじゃ、戦争になりません！　どうかべつの国にしてください。いったいこの国はどうなっているのでしょう？　戦争をするならすればいいのに、まるでぬかに釘《くぎ》、のれんにうでおしです。もうこんなところは、まっぴらです！」

すっかり怒《おこ》ったタラカン王は、兵士《へいし》たちに、国じゅうをまわって、すべての村をおそい、家や穀物《こくもつ》を燃《も》やして、家畜《かちく》たちを殺《ころ》してしまえ、と命じた。

「もし、ひとりでも命令にしたがわなかったら、おまえら全員を死刑《しけい》にする！」と、タラカン王はいった。

兵士《へいし》たちは、ふるえあがって、タラカン王のいうとおり、村々の家や穀物《こくもつ》を焼《や》きはらい、家畜《かちく》を殺《ころ》してまわった。それでも馬鹿たちは、戦おうともせず、泣くばかりだった。じいさんも泣けば、ばあさんも泣き、小さな子どもたちも、ただただ泣いた。そして、みんなは、こういった。

「どうして、おまえさん方は、わしらをいじめるんだね？　ほしければ、こわしたり、殺《ころ》したりしないで、もっていけばいいのに！」

これには、兵士《へいし》たちも、もううんざりだった。そこでタラカン王の軍隊は、村々をおそうのをやめ、散り散りになって、イワンの国からさっていったのだった。

12

武《ぶ》力《りょく》でやっつけることができないとわかった老悪魔《ろうあくま》は、タラカン王国から引きあげると、りっぱな紳士《しんし》に化《ば》けて、イワンの国へもどって住みつきはじめた。こんどは、商人のタラスのように、イワンをお金でやっつけてやろうとかんがえたのだ。

紳士《しんし》は、イワンの国の人たちにむかっていった。

「わたくしは、みなさんのお役に立ちたく、やってまいりました。みなさんに知恵《ちえ》をさずけにきたのです。そのために、ここらに一軒《いっけん》、家を建て、店をひらくことにします」

「あぁ、ええとも、ええとも」と、みんなはいった。「ここでよければ、いっしょにおくらしよ」

つぎの日の朝、りっぱな紳士《しんし》は、金貨《きんか》のはいった大きなふくろと、一まいの紙をもって、また、みんなによびかけた。

「いまのみなさんは、まるでブタのようなくらしをしてらっしゃる。そこで、わたくしが、みなさんに、人はどのようにくらすべきかをおしえてさしあげましょう。さ、まずは、この紙の図面《ずめん》どおりに、わたくしの家を建ててください。みなさんがはたらき、わたくしが指示《しじ》します。そのお礼は、この金貨《きんか》ではらいましょう」紳士《しんし》はそういって、ふくろの中の金貨《きんか》をみんなに見せた。

馬鹿たちは、お金をつかうという習慣《しゅうかん》がなかったのでおどろいた。それまでは、たがいに物と物を交換《こうかん》したり、おかえしに仕事を手伝ったりしていたからだ。

「そりゃ、いいかもしれんなぁ」と、みんなはいった。

そして、みんなは、穀物《こくもつ》や労働《ろうどう》を金貨《きんか》に交換《こうかん》してもらおうと、紳士《しんし》のところへあつまってきた。老悪魔《ろうあくま》は、タラスのときとおなじように、高い代金《だいきん》をはらってやったので、馬鹿たちは、さらにぞくぞくとおしかけてきた。

老悪魔《ろうあくま》は、ほくほく顔だった。

「どうやら、うまくいきそうだわい！　こんどこそあの馬鹿のイワンを、タラスとおなじようにしてくれる！　この金で、やつのはらわたごと買いとってくれるわ！」

ところが、そうはいかなかった。馬鹿の男たちは、金貨《きんか》を手にいれると、女たちにわたしてしまい、女たちは、それをネックレスのかざりにしたり、むすめたちのおさげにつけたりするようになったのだ。そのうち、子どもたちも金貨《きんか》をもつようになって、道でおもちゃにしてあそぶようにもなった。そして、みんなは、もうじゅうぶんというほど、金貨《きんか》をもらってしまうと、それいじょうは、ほしがらなくなった。

だが、りっぱな紳士《しんし》の家は、まだ半分しかできていないし、穀物《こくもつ》や家畜《かちく》は、一年分もあつまっていなかった。

紳士《しんし》は、みんなに、まだまだ家を建てにくるように、それから、もっと穀物《こくもつ》や家畜《かちく》をもってくるように、そうすれば、うんと金貨《きんか》をはらうから、といってまわった。

それでも、だれもはたらきにこないし、穀物《こくもつ》や家畜《かちく》をもってきもしなかった。せいぜい小さい男の子や女の子が、もうすこし金貨《きんか》をもらおうと、ときどきたまごをもってきたり、水をくんできたりするくらいだった。

それで、とうとう食べ物がなくなってしまい、はらぺこになった紳士《しんし》は、村へ食料を買いに出かけた。

ある家にたどりついた紳士《しんし》は、にわとりを買おうと、そこのおかみさんに金貨《きんか》をさしだした。

「いや、そいつは、うちにもう、うんとあるよ」おかみさんはそういって、ニワトリを売ってくれなかった。

つぎに紳士《しんし》は、ニシンを買おうと、ある後家《ごけ》の家にいったが、ここでもだめだった。

「そんなもんいらないよ。うちには、子どもがいないから、もうおもちゃなんかいらないさ。それでもまぁ、めずらしいやとおもって、三まいもらったんだよ」

紳士《しんし》は、またべつの家にいき、パンを売ってくれとたのんだが、そこの男も金貨《きんか》をうけとろうとは、しなかった。

「そいつは、もういらねぇ」と、男はいった。「だけんど、『キリストさまの御名《みな》においてお恵《めぐ》みを』っていうんなら、家内《かない》にひときれ切らせて、もってきてやるよ」

すると、紳士《しんし》は、ペッとつばをはいて、その場から逃《に》げだした。キリストさまのためにといって、物を乞《こ》うだなんて、とんでもない！　そもそも老悪魔《ろうあくま》は〈キリストさま〉ということばを聞くだけで、身を切られるよりもつらかったのだ。

老悪魔《ろうあくま》は、それからも家々をまわったが、金貨《きんか》にうんざりしていた馬鹿たちは、もうなにとも交換《こうかん》してくれなかった。ただ口をそろえて、「金貨《きんか》じゃなくて、ほかのものをもっといで。それかなにか仕事を手伝うか、それもできないようなら『キリストさまの御名《みな》においてお恵《めぐ》みを』って、いったらどうだい？」というだけだった。

老悪魔《ろうあくま》は、かんかんに怒《おこ》った。

「おれさまが、おまえらに、金をくれてやるといってるんだぞ。ほかになにがほしいっていうんだ？　金さえあれば、なんだって買うことができるし、どんな仕事だって、させることができるじゃないか！」

それでも馬鹿たちは、耳をかそうとしなかった。

「いやいや、そんなもん、いらねぇ。だって、わしらには、金で買うものやら税金《ぜいきん》やらがないんだもの。なのにどうして、金がそんなにいるんだ？」

こうして老悪魔《ろうあくま》は、けっきょくなにもありつけないまま、ねむることになった。


そのうち、このことは、馬鹿のイワンの耳にもはいってきた。たくさんの人が、イワンのもとへそうだんしにきたからだ。

「こまったもんです。あのりっぱな紳士《しんし》がうちへやってきて、あれを食べさせろだの、これをのませろだの、いい服をよこせだのといってくるんですが、かわりにはたらくでもなく、キリストさまの恵《めぐ》みを乞《こ》うでもなく、もってくるものは、金貨《きんか》だけなんです。そりゃ、まだ金貨《きんか》がめずらしかったうちは、あの男のほしいものをやったり、あの男のためにはたらいたりしましたが、もうじゅうぶんもらったから、交換《こうかん》してやるわけにはい

かねぇ。あの男、どうしたもんでしょう？　このままだと、うえ死にしてしまうかもしんねぇ」

　それを聞いて、イワンがいった。

「よしよし、食わせてやるほかあるまい。羊飼《ひつじか》いのように、ほうぼうの家をまわらせて、順番《じゅんばん》にめんどうを見てやるがよい」

　その日から、老悪魔《ろうあくま》は、家から家へと食べ物をもらってまわるようになった。やがて、イワンの家にも順番《じゅんばん》がまわってきて、老悪魔《ろうあくま》が昼ごはんを食べにやってきた。

　イワンの家では、妹のマラーニャが、食事のじゅんびをしていたが、マラーニャはこれまで、なんどもなまけ者にだまされてきた。なまけ者が、仕事もしないで、さきにテーブルにつき、ごはんをすっかりたいらげてしまったのだ。

　そこで、生まれつき耳が聞こえず、うまく話すことができないマラーニャは、なまけ者を手で見分けるようになった。手にたこがある者は、すぐにテーブルにつかせ、たこがない者は、人の食べのこしをやるようにしていたのだ。

老悪魔《ろうあくま》は、イワンの家にはいると、さっそくどっこらしょと、テーブルについた。マラーニャは、すぐに老悪魔《ろうあくま》の手をとって、たこがあるかどうかたしかめた。すると、老悪魔《ろうあくま》の手には、どこにもたこがなく、とてもきれいで、すべすべしていて、おまけにつめが長くのびているではないか。

マラーニャは、それを見ると、「キャーッ！」と、悲鳴《ひめい》をあげ、老悪魔《ろうあくま》をいすから引きずりおろした。

すると、イワンの妻《つま》がいった。

「どうか、怒《おこ》らないでくださいな。うちの妹は、手にたこがない者は、さいしょに食事をさせないんです。ちょっと待ってもらえれば、みんなが食べおわりますから、そしたら、のこったものを食べてください」

「イワンの国では、人をブタあつかいするのか！」老悪魔《ろうあくま》は、怒《おこ》ってイワンにいった。「いいか、だれもがみんな、自分の手ではたらかなくちゃならんという、おまえの国の法律《ほうりつ》は馬鹿げておる。それは、おまえが馬鹿だから、そんな方法しかおもいうかばんのだ。かしこい者は、なにではたらくか知ってるか？」

「そりゃ、おれらのような馬鹿には、わからんなぁ」と、イワンはこたえた。「おれらは、おおかた、手と背中《せなか》でやっちまうからな」

「それは、おまえたちが馬鹿だからだ。かしこい者は、頭ではたらくのだ。ひとつ、その方法をおしえてやろう。そうすれば、おまえたちも、手ではたらくより、頭ではたらいた方が得《とく》だとわかるだろう」

「そうなのかい」イワンは、おどろいていった。「それがほんとうなら、おれたちが馬鹿だといわれるのもあたりまえだ」

「頭ではたらくというのはな、そうなまやさしいことではないんだぞ」老悪魔《ろうあくま》は、つづけていった。「おまえたちは、おれさまの手にたこがないからといって、食べさせようとしなかったが、頭ではたらくということは、手ではたらくよりも、百倍《ひゃくばい》はむずかしいのだ。ときには、頭がわれそうになるときだってあるんだぞ」

「ふむ」と、イワンはかんがえた。「だが、どうして、そこまでして自分をいためつけなさるね？　頭がわれるだなんて、とんでもないこった。それよりか、手や背中《せなか》をつかって、もっとかんたんに仕事をしたらいいだろうに」

「それは、おまえたちのためじゃないか」と、老悪魔《ろうあくま》はこたえた。「おまえたちが、馬鹿でかわいそうだから、そうするのさ。じゃなければ、おまえたちは、一生、馬鹿なままだぞ。おれさまは、いままで、頭ではたらいて生きてきた。だからそれを、おまえたちにおしえてやろうというのだ」

「おぉ、では、ひとつたのむ」イワンは、さらにおどろいていった。「手がつかれてつかえなくなったときには、頭をつかえばいいからなぁ」

「では、おしえてしんぜよう」と、老悪魔《ろうあくま》はいった。

そこで、イワンは、国の人たちに、りっぱな紳士《しんし》が、頭ではたらく方法をおしえてくれるということ、それは、手ではたらくよりも、ずっと仕事がはかどるやり方だそうだから、みんな、習いにくるように、というおふれを出した。

イワンの国の広場には、長いはしごのある高いやぐらが建っていて、てっぺんには物見台《ものみだい》がついていた。イワンは、みんなから見られるようにと、紳士《しんし》をやぐらにのぼらせた。

老悪魔《ろうあくま》は、物見台《ものみだい》までのぼって、そこからみんなにしゃべりはじめた。馬鹿たちは、紳士《しんし》がそこで、手をつかわずにどうやって頭ではたらくのか、やって見せてくれるものとおもっていた。

ところが、紳士《しんし》は、どうしたら体をうごかさないで生きていけるかということを、ただぺちゃくちゃとしゃべっているだけだったので、馬鹿たちにとったら、なんのことやら、さっぱり意味がわからなかった。そこで、馬鹿たちは、しばらく紳士《しんし》をながめたあと、それぞれ仕事にもどっていってしまった。

その日、老悪魔《ろうあくま》は、やぐらの上に立ちっぱなしでしゃべりつづけ、つぎの日もしゃべりつづけた。おかげで老悪魔《ろうあくま》は、おなかがすいてきた。

ところが馬鹿たちは、紳士《しんし》にパンのひときれでももっていってやろうとは、おもいつかなかった。なぜなら、手よりも頭でうまくはたらけるのなら、パンのひときれぐらいかんたんに手にいれられるのだろうと、おもったからだ。

そのつぎの日も、老悪魔《ろうあくま》は、やぐらの上に立ちっぱなしで、しゃべりつづけた。一方、みんなは、ときどきやぐらの下にやってきて、しばらく紳士《しんし》をながめたあと、また仕事にもどっていくのだった。

イワンは、みんなにたずねた。

「どうだね？　紳士《しんし》は、頭ではたらきはじめたかね？」

「いや。まだずっとしゃべってるだけだ」と、みんなはこたえた。

老悪魔《ろうあくま》は、そのまたつぎの日も、丸一日、やぐらの上に立っていたが、とうとう弱ってきて、ふらっとしたひょうしに、やぐらの柱《はしら》に頭をゴツンとぶつけてしまった。

それをたまたま見た馬鹿のひとりが、そのことをイワンの妻《つま》につたえた。すると、妻《つま》は、畑にいる夫《おっと》のもとへかけつけていった。

「さあ、おまえさん、見にいきましょう。やっとあの紳士《しんし》が、頭ではたらきだしたらしいですよ」

「おぉ、そうか」イワンは、そういうと、荷車に馬をつないで、やぐらのある広場へいそいでむかった。

そのころ老悪魔《ろうあくま》は、はらぺこですっかり弱ってしまい、頭を柱《はしら》にゴツンゴツンと、打ちつづけていた。そして、イワンが、ちょうどやぐらの下についたとき、老悪魔《ろうあくま》は、ふらっとはしごの方へたおれこんで、はしごを一段《だん》ずつ、ダンダンダンと頭からおちはじめた。

「なるほど」それを見たイワンはいった。「ときには、頭がわれそうになるときもある、といってたのは、ほんとうだ。あんなやり方をしてたら、手にたこどころか、頭がこぶだらけになっちまうぞ」

そして、老悪魔《ろうあくま》は、そのままいきおいよく頭からおっこちて、地面に頭をつっこんでしまった。

そこへイワンが、どれくらい仕事ができたのかと、ちかよって見てみると、とつぜん、地面がさけ、その中に紳士《しんし》がすいこまれていった。そして、あとには、ポツンとした穴《あな》だけがのこった。

イワンは、頭をかいていった。

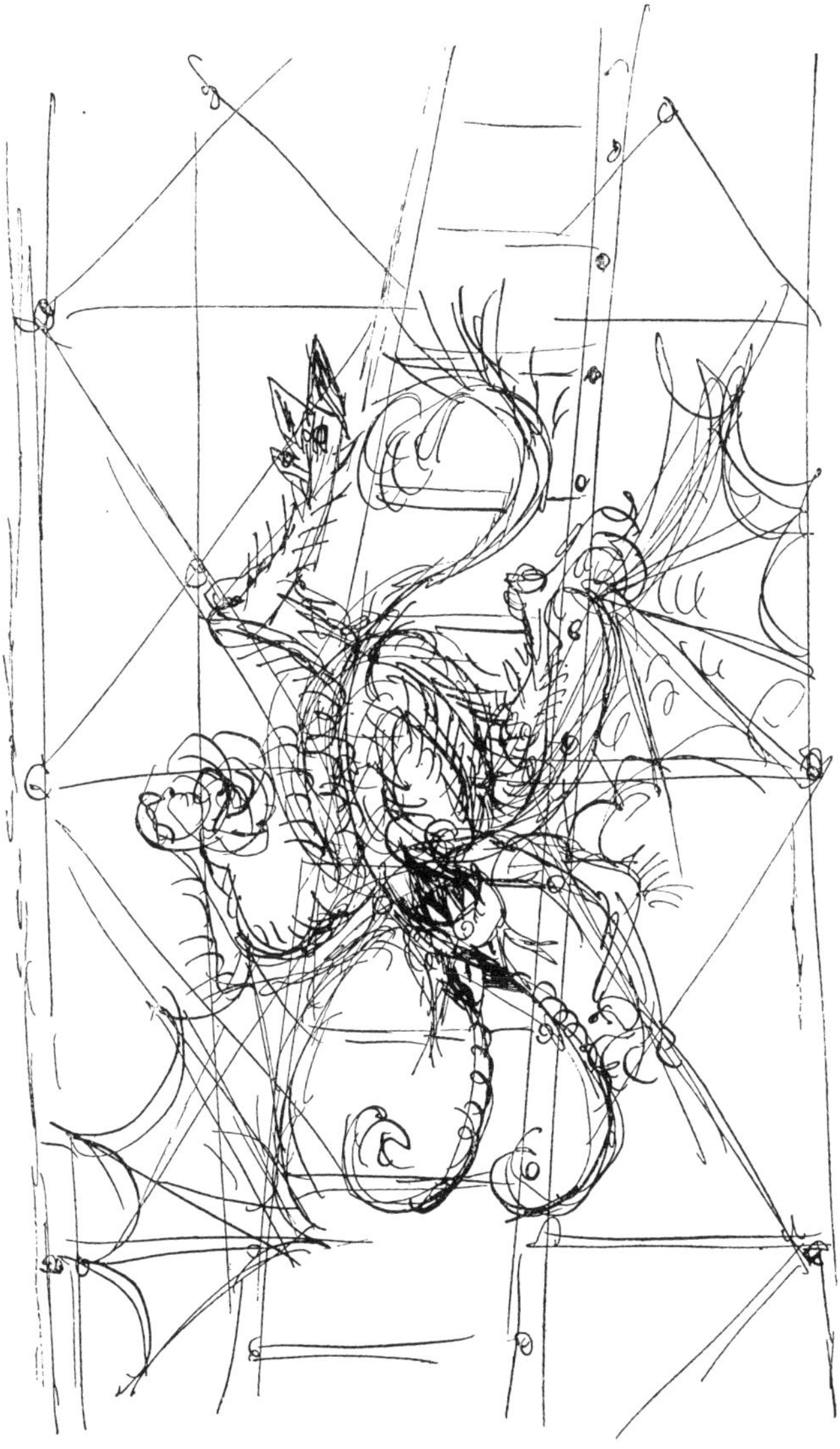

「けっ！　きたならしい。また出てきやがった。一番、図太《ずぶと》いやつだったから、きっといままでの親玉《おやだま》だったんだなぁ」

イワンは、それからも元気にくらし、やってきたふたりの兄を、これまでどおりやしなってあげた。

そして、ほかにも、たくさんの人が、イワンの国へおしかけてくるようになり、その人たちが、「どうか食べさせてください」といえば、イワンは、だれにでも、「よしよし、では、いっしょにくらしなさい。ここには、なんでもどっさりあるから」と、いうのだった。

ただ、ひとつ、イワンの国には、とくべつな習慣《しゅうかん》があって、手にたこがある者は、すぐに食事のテーブルにつくことができるが、たこのない者は、人の食べのこしを食べなければならないのであった。

解説にかえて
レフ・トルストイとハンス・フィッシャー

この本の解説として、レフ・トルストイと、ハンス・フィッシャーの人となりを知ってもらうことが、読者にとって一番いいことだろうと思う。なぜなら、翻訳者が作品を訳す時とおなじ過程を体験できるとかんがえるからだ。実際、私もこの本を訳しはじめるまえに、両者の生きざまを心に沈殿させてから、その作業にとりかかった。

そこでここでは、トルストイと、フィッシャーの人生についてふれてみたいと思う。

※

レフ・ニコラエヴィッチ・トルストイ（1828-1910）は、ロシアのトゥーラ近郊のヤースナヤ・ポリャーナで、伯爵家の四男として生まれた。

二歳で母と死別、九歳で父と死別したトルストイは、叔母に引き取られ、カザン大学に入学するも、社交や遊興にふけり、三年後に退学。その後、財産分与で相続したヤースナヤ・ポリャーナにもどり、農村改革に乗り出すも失敗する。

二十三歳の時、軍隊に志願して、コーカサス地方に配属される。その間、『幼年時代』を執筆し、雑誌で発表されると、新進作家として注目を集めるようになった。

二十五歳の時、コーカサス戦争のチェチェン人討伐作戦に、二十七歳の時、クリミア戦争のセヴァストポリ攻囲戦に従軍し、その苦闘の体験から「戦争に真実はない、真実は平和の中にこそある」と訴え、この頃から非暴力主義の思想が徐々に芽生えはじめる。

軍務を退いてからも、放蕩《ほうとう》の限りをつくし、自己嫌悪の日々を送っていたが、そんな中、教育問題に関心を抱き、ヨーロッパへ視察旅行に出かけた。帰国後、ヤースナヤ・ポリャーナ内に農民の子どもたちのための学校を開くも、あえなく廃校になってしまう。

一八六二年、三十四歳でモスクワの宮廷医の次女、ソフィアと結婚。翌年、三大長編の一つである『戦争と平和』の執筆にかかり、六年後に発表。

一八七二年、再び領地内に学校を開き、その教科書『初等読本』を自らが執筆・編集した。それは、すべての人が自由にものを考え、思索することができるようにと、ロシアの民話や外国の童話、動植物学、数学、物理学など幅広い題材を載せたものだった。さらに一八七五年に発行した『新初等読本』は、一九一七年のロシア革命まで教科書として広く採用された。

四十九歳で『アンナ・カレーニナ』を上梓《じょうし》。その頃から、国家権力による民衆への不正な搾取《さくしゅ》に憤《いか》りを覚え、一方、世界的名声を得た自身の生き方には虚無感《きょむかん》を覚えはじめた。トルストイは、当時をこのように回想《かいそう》している。

「よろしい、おまえは、ますます増加する莫大《ばくだい》な財産を手にするだろう。でも、それがどうだというのだ？　よろしい、おまえは、ゴーゴリ、プーシキン、シェークスピア、モリエール、その他、世界のすべての作家以上の名声に輝くかもしれない。でも、それがどうだというのだ？　私の業績がどんなものにせよ、早晩すっかり忘れ去られ、そして、なによりも今日、でないならば明日、死がこの私をおそい、私は、もともこもなくなってしまうではないか。なのに、一体、何のためにあくせくせねばならないのか？　私はなぜ生きているのか？　私はいったい何者なのか……？」

トルストイは、自然科学から哲学まで、人間が獲得したあらゆる学問の中から、その疑問に対する答えを探したが、何も見つからず、自殺まで考えるようになった。その後、苦しんだ末に、自身の著書『懺悔《ざんげ》』で、不合理とした

このような決意の中、トルストイは、五十三歳の時に『人は何で生きるか』を、五十六歳の時に『イワンの馬鹿』などの民話を発表した。また、宗教に関する論文も多くなり、一八九三年に発表した『神の国は汝等《なんじら》の衷《うち》にあり』は、インドのマハトマ・ガンジー（1869-1948）をして「感動で圧倒された。それは、私に永遠の印象を刻みつけた」と言わしめるものだった。

また、七十一歳で書いた『復活』では、その内容が政府や教会を批判するものであったため、ギリシャ正教会から破門されてしまう。それでもトルストイは、当時、ロシア政府に迫害を受けていたドゥホボール派（キリスト教の教派の一つ。絶対的平和の立場で無政府主義を訴え、兵役を拒否し、共同農業生活による菜食主義を貫いていた）の信者たちをカナダへ移民させるため『復活』の印税で援助するなど、自らの考えを覆《くつがえ》すことはなかった。

日露戦争が勃発《ぼっぱつ》すると、論文『胸に手を当てて考えよう』を発表。「私は、ロシアの味方でも日本の味方でもなく、それぞれの政府によって欺《あざむ》かれ、自分たちの幸福に〈神への信仰〉の中にようやく〈生の力〉を見出すことができた。無学で、貧しい、素朴な、額に汗して働く人たちの信仰の中に、真実があると悟ったのだった。

「私は、神を感じ、神を求めるとき、そんな時だけよみがえり、まぎれもなく生きていることに気づいた。かくて、私の内部および周辺においてのすべてが、未だかつてないほど明るく輝き、そして、その光は、もう決して私を離れなかった。これからは、神を求めつつ生きよう……」

こうして生きる光を得たトルストイは、さらに信仰の問題を掘り下げながら、作業着《ルバシカ》を着て田畑を耕し、肉食を断って、野菜と黒パンを糧としながら、いままで書いてきた『戦争と平和』『アンナ・カレーニナ』などの大作は、上流階級のためのものだったとして、自らその意義を否定するようになる。

「これからは、民衆とともに生き、人生のために有益な、しかも一般の民衆に理解されるものを、民衆自身の言葉で、民衆自身の表現で、単純に、簡素に、わかりやすく書こう……」

も、良心にも、そして、宗教にも反して、戦争にかりたてられた両国の労働者みなさんの味方です」と訴えた。そして、この頃から古今東西の偉人たちの金言を集めた『文読む月日』を二年かけて編纂《へんさん》し発表した。

その頃、トルストイは「自分を愛するように、神と隣人を愛せ」というキリスト教の教えを信じ、自ら額に汗してパンを得ようと、農民とおなじような生活をしていたが、自分が住む広大な領地と、それをとりまく豪勢《ごうせい》な環境に苦しみ、逃げ出したい、消えてしまいたいと思うほど、心をいためていた。

娘のタチヤーナは、当時の父のことをこのように回想《かいそう》している。

「父に会いにくる人の中には、父の著書を読み、トルストイ的生活を体現している人もいました。そんな人たちは、私たちの家や生活を見て、失望と苦悩の色を隠そうとしませんでした。そして、師と仰《あお》いでいた父への心酔《しんすい》は、はかなく消えてしまうのでした。また、そんな幻滅《げんめつ》を手紙に書いてよこし〈言行不一致《げんこうふいっち》〉と言って、非難する人も大勢いました。それが父にはつらかったのです。しかし、父は、そう言ってくる人たちこそ真の友と思い、彼ら以上に手厳しく自己批判の返事を書きました。『もし、自分と同じような生活をし、自分と同じことを説いている人間がいれば、私もその人を偽善家《ぎぜんか》と呼ぶだろう』と。さらに『このような愚《おろ》かしい環境で生きることがつらい。私は、その中で人生を過ごしてきたのだが、そこで死ぬのかと思うと、いっそうつらくなる』と語っていました」

このような思いの中、トルストイは、自分の領地や、著作による収入の一切を放棄《ほうき》しようと何度も試みたが、身内からの反対にあい果たせなかった。そして、ついに一九一〇年、トルストイは、妻ソフィアに別れの置き手紙を書き、早朝ひそかに、ひとり家を出た。

「私の家出は、おまえを悲しませることだろう。私にも悲しいことだ。ただ、私がこうするよりしかたがなかったということをわかっておくれ。私は、もはやこのような贅沢《ぜいたく》な境遇《きょうぐう》の中でこれ以上生きてゆくことはできない……」

そうして、トルストイは、乗った列車の中で肺炎にかかり、アスターポヴォという小さな駅で亡くなった。八十二歳だった。

＊

ハンス・フィッシャー（1909-1958）は、トルストイとほぼ入れちがいの一九〇九年、スイスのベルンで、教師の両親のもと、五人兄弟の長男として生まれた。

子どものころ、ドイツの風刺《ふうし》画家ヴィルヘルム・ブッシュ（1832-1908）の絵に憧れ、高校卒業後、ジュネーヴ美術学校では装飾画を、チューリッヒ工芸学校では版画を学んだ。その後、パリの広告会社で働き、一九三二年、ベルンにもどると、翌年、ビアンカ・ヴァスムートと結婚した。

結婚後、フィッシャーは、ショーウィンドウの装飾や劇場の舞台美術、アニメーションや雑誌の風刺《ふうし》画と精力的に仕事をこなすも、一九三四年、長女ウルスラが誕生した頃に、多忙を極めて体調を崩し、チューリッヒへ引っ越した。それからは、川や山で動植物を気ままにスケッチしたり、趣味の釣りをしたりしながら、仕事に打ち込むようになった。

一九三八年、長男カスパールが生まれ、その年、自身初の壁画をベルンの動物園に描く。一九四四年には、長女ウルスラのために最初の絵本『ブレーメンのおんがくたい』を描き、同年、次女のアンナ・バーバラが生まれ、その翌年には、長男カスパールのために『いたずらもの』を発表した。

第二次世界大戦後、フィッシャーは、戦争による疲弊《ひへい》した日々から、新しい生命を紡《つむ》ぎ出すかのように、一九四七年、次女アンナ・バーバラのために『たんじょうび』を、翌年には『こねこのぴっち』を発表し、さらには、小学校を中心とした壁画制作に精力を注ぐようになる。壁画の作業中、見にきた子どもたちの意見を陽気に聞き入れながら、途中でどれほど多くの子どもたちの手の甲に、魚やねずみやねこの絵を描いてやったか、わからなかったという。

この頃、フィッシャーを崇拝《すうはい》していたモーリス・センダック（1928-2012）が、フィッシャーのアトリエを訪れた。センダックは、おそらく当時二十代で、まだあまり名前の知られていないアーティストだったが、フィッシャーに、自身のイラストを見せ「君は成功への最良の道にいるから、これからもつづけるように」と、励まされた。

一九四八年、フィッシャーは、スイス児童文学賞を受賞し、五五年には、サンパウロ・ビエンナーレのグラフィック賞を受賞した。

一九五七年、チューリッヒ州の四冊の国語読本に挿絵をつけ、同年『長ぐつをはいたねこ』を発表。しかし、その翌年、心筋梗塞《しんきんこうそく》で亡くなった。四十九歳、あまりにも短すぎる人生だった。

本書『イワンの馬鹿』が、ドイツの出版社から刊行されたのは、一九四六年、フィッシャーが三十七歳の時だった。なぜフィッシャーは、この民話に挿絵をつけ、それを終戦直後に発表したのか。

フィッシャーが、パリから故郷にもどり、ビアンカと結婚した年、ドイツでは、アドルフ・ヒトラー(1889-1945)が首相に任命された。アーティストにとっては、ヒトラーのナチズムは耐えがたいものだったと想像できる。事実、本書の前の年に発表された『いたずらもの』は、フィッシャーの戦争への抗議《こうぎ》が込められたものだった。

おそらくこの頃、フィッシャーは、心から自由と平和を希求《ききゅう》していたのだろう。それ故、フィッシャーも『イワンの馬鹿』の持つ文学の力に心を揺さぶられ、挿絵をつけて世に広めたいと決意したのではないだろうか。

また、もうひとつ、フィッシャーが、この作品に挿絵をつけた動機として考えられるのは、本作に出てくる悪魔の存在である。フィッシャーにとって悪魔は、生涯、心をとらえつづけたモチーフの一つだったらしく、エッチングやリトグラフなどで数多くの悪魔の絵を残している。その味わい深い悪魔たちの挿絵も、楽しんでもらえたら幸いである。

参考文献

『イワンの馬鹿』
レフ・トルストイ／作　北御門二郎／訳（地の塩書房）
『ハンス・フィッシャーの世界』
小さな絵本美術館／編集（小さな絵本美術館）

訳者あとがき

今回、この本を私の訳で提供する上で、その説明を避けて通れない人物が、トルストイ、フィッシャーのほかに、もうひとりいる。それは、北御門二郎《きたみかどじろう》という人物である。

北御門二郎（1913-2004）は、『イワンの馬鹿』を含むトルストイ文学の翻訳家であり、また、良心的兵役拒否者としても知られる、私の祖父だ。

祖父は、十七歳の時、トルストイの作品である『人は何で生きるか』に出会い、以来、絶対的非暴力の思想に目覚める。高校卒業後、東京帝国大学（現在の東京大学）に入学するも、その無味乾燥《むみかんそう》な講義内容に幻滅《げんめつ》し、二十三歳の時に、トルストイを原書で読みたいと、ロシア語を学びに、単身、旧満州（現在のハルビン）に渡った。

一九三八年（昭和十三年）日中戦争の真っ只中、二十五歳だった祖父に、招集令状《しょうしゅうれいじょう》、いわゆる赤紙が届く。祖父は、トルストイの絶対的非暴力の思想のもと、兵役を拒否しようと、死を覚悟して兵役検査場へ赴く《おもむく》。徴兵司令官をまえにした祖父は「いよいよ地上の権力との対決だ！」と、意気込んだが、その結果は意外なものだった。明らかに兵役には就かないという態度の祖父にむかって、徴兵司令官は「君は兵役には無関係とする」と、一方的に宣告したのだ。

祖父は「嬉しいとも、悲しいとも、口惜しいとも、情けないとも、恥ずかしいともつかぬ、一種、名状《めいじょう》し難い感慨が一挙に胸もとにこみ上げ、涙が滝津瀬《たきつせ》となって流れた。

これでも俺は、れっきとした反戦主義者なのに、何故、俺に殉教者《じゅんきょうしゃ》の栄冠《えいかん》を与えようとしないのか？」と嘆き、それでも「私が生を終うる最後の日まで、人類から軍隊を駆逐《くちく》し、いっさいの暴力や欺瞞《ぎまん》と闘うために心を尽し、霊を尽し、力を尽し、意を尽そう」と、生きながらえた自らの人生に、何かしらの意義を見出そうと、必死にもがきはじめる。

戦中の一九四一年（昭和十六年）に荒岳家の三女ヨモと結婚。兵役拒否による、周囲からの卑劣《ひれつ》な非国民扱いや、特別高等警察の監視を受けながら、自給自足の生活で家族を養っていった。

戦後、当時、日本語に翻訳されていたトルストイの作品に、数多くの誤訳を発見した祖父は、出版社や翻訳者に、もっとトルストイの作品を大事にしてほしいと、その誤訳を同人誌で指摘した。すると、それが全国の新聞や雑誌に飛び火して、いわゆる誤訳論争が起こった。そして、その結果、祖父自身がトルストイを翻訳することになった。

五十二歳で『生ける屍《しかばね》』を、つづけて『懺悔《ざんげ》』『神の国は汝等《なんじら》の衷《うち》にあり』と三冊を訳出したが、特に世間からは注目されなかった。しかし、祖父の名を一躍、世に知らしめたのは、この『イワンの馬鹿』だった。

祖父にとって『イワンの馬鹿』は、特別な作品だった。十七歳の時、『人は何で生きるか』につづいて手にとったのが『イワンの馬鹿』で、この作品により、祖父は、絶対的非暴力の思想に目覚め、それまで受けてきた忠君愛国《ちゅうくんあいこく》の学校教育が、いかにまちがっていたかということに気づき、前述の兵役拒否へとつながっていったからだ。

そして、一九七四年（昭和四十九年）十一月、祖父が六十一歳の時、熊本県立宇土高校から依頼された講演により、その人生が大きく変わることになる。講演を依頼した美術教諭坂田燦《あきら》氏が、祖父の講演後、当時、同人誌に発表していた祖父訳の『イワンの馬鹿』を生徒たちに読ませ、それを題材に版画制作に取り組ませて、一冊の本にした。それが、新聞・テレビなどに取材され、大きな反響を呼び、全国の学校から注文が殺到した。すると、それがきっかけとなり、当時、熊本県文化協会専務理事であった沖津正巳氏と出会い、発表のあてもなくトルストイの作品を訳出しつづけていた、祖父の大学ノートを見た沖津氏が「北御門訳トルストイ三部作出版期成会」を発足し、トルストイ三大長編といわれる『戦争と平和』『アンナ・カレーニナ』『復活』が出版されたのだ。

そして、その翻訳の功績から、祖父は、ソ連(当時)の作家連盟から、ヤースナヤ・ポリャーナへ招待され、トルストイの墓参りをし、また、その年、モスクワで開かれた翻訳者国際会議に出席してスピーチをする機会にも恵まれた。

一九八二年(昭和五十七年)、月刊「新潮」に載った祖父の記事をきっかけに、祖父は石田昭義氏と出会う。石田氏は、祖父訳の本を出すためだけに地の塩書房という出版社を興《おこ》し『文読む月日』を皮切りに『イワンの馬鹿』『イワン・イリイッチの死』など、数々の祖父訳のトルストイ文学を出版していった。

晩年の祖父は、時間と体力の許す限り、九条の会などでの講演や、新聞などでの連載で、戦争や暴力のない世界の実現や、平和の尊さを訴えつづけた。一九九七年(平成九年)、一酸化炭素中毒で倒れ入院し、二〇〇四年(平成十六年)、肺炎で亡くなった。九十一歳だった。

※

今回、北御門二郎に関連する書籍を改めてあれこれとあたっていた過程で『トルストイとの有縁』(北御門二郎／著　武蔵野書房)の中に、つぎのような一文があった。

私の『イワンの馬鹿』は、武田さんから〈ほんとうの本〉というお墨付きをいただいたが、もちろんまだまだ不完全で、いつの日か私の訳を凌駕《りょうが》する良心的な翻訳が出現するのを「大旱《たいかん》の雲霓《うんげい》を望むが如く(*)」待ち望んでいる。

＊「ひどい干ばつの時に、雨の予兆である雲や虹を待ちこがれる」の意。孟子《もうし》『梁恵王章句《りょうけいおうしょうく》・下』より

私は、この一節を読んで、一瞬、ぎょっとした。これを

本書に載せるべきか否かと悩んだが、やはり載せるべきだと腹をくくった。

この『トルストイとの有縁』は、私がまだ七歳だった一九八一年に出版されたものだ。まさか祖父は、三番目の孫にあたる私が、将来『イワンの馬鹿』を訳すことになろうとは、夢にも思っていなかっただろう。さらに、私が生まれた年は、祖父の運命を変えたといっていい、熊本県立宇土高校の坂田先生からの講演依頼があった昭和四十九年なのだ。

その年の七月に生まれた私は、祖父から、この名前を授けられた。由来は、論語からで、孔子の弟子、仲由《ちゅうゆう》（字《あざな》は子路《しろ》）からきている。ちょうど、前年の昭和四十八年に白川静（1910-2006）氏の『孔子伝』が発表され、孔子をこよなく愛し、白川氏とも交流のあった祖父は、そこから名前をとったのだろう。仲由《ちゅうゆう》は、先生である孔子に唯一ものが言えた一番弟子といわれているが、さながら私は、祖父の一番弟子といえるのではないだろうか。

今回、これまで幾度となく読んできた祖父訳の『イワンの馬鹿』を、自らが訳すことになったのだが、やはり読むと訳すとは大ちがいで、その過程で、さまざまなことを感じた。というより、訳しはじめたころは、祖父の訳がすでにあるのに、わざわざ私が訳す必要があるのだろうかという自問自答の日々だったが、訳をすすめるにつれて〈多少の意義〉は感じられるようになったし、仮に意義がなくても〈個人的な経験〉として、とても有意義なものとなった。

〈多少の意義〉とは、一つに表現の現代語化だ。祖父の訳は「心訳」とも呼ばれ、原作者が泣いて書いた箇所は、訳者も泣いて訳したというほど良心的な訳ではあるものの、現代人にとっては、いくらか表現の難しいところがある。祖父と私とでは、二世代ちがうわけだから、仕方のないことかも知れない。その点を改めることによって、いまの読者が、この民話の世界に、より入りやすくなるのでないかと思った。

それともう一つ、祖父も私も翻訳家という肩書きを持つものの、かたや祖父は、トルストイ専門の翻訳家で、かたや私は、子どもの本専門の翻訳家であるということだ。

「解説にかえて」でもふれた通り『イワンの馬鹿』は、トルストイの晩年の作品で「これからは、民衆とともに生き、人生のために有益な、しかも一般の民衆に理解されるものを、民衆自身の言葉で、民衆自身の表現で、単純に、簡素に、わかりやすく書こう」という想いから生まれた作品だ。それはすなわち、この民話を子どもたちにも伝えたいという想いが、トルストイには、あったのではなかろうか。そうでなければ、ヤースナヤ・ポリャーナに学校を作ったり、自ら教科書を執筆・編集したりはしないだろう。だとすると、子どもの本を専門で翻訳している私の力が、この本を訳すにあたり、いくらかでも発揮できるのではないか、そう思えたのだ。

つぎに〈個人的な経験〉として有意義だったことは、その訳文から、いまは亡き祖父を感じられたことだ。海外の作品を日本語で読む場合、普通は、翻訳者（祖父）を通して、原作者（トルストイ）を感じるものかも知れないが、今回ばかりは逆だった。原文のロシア語と、この本の原書であるドイツ語、それから祖父の訳を一文一文比べながら、翻訳作業をすすめていくと、訳文のあちこちに北御門二郎を感じることができたのだ。それは、まさに百姓の、土の香りのする訳文だった。

祖父が、翻訳家であるまえに、農林業の従事者であったことは、あまり知られていない。いまでこそ、オーガニックという言葉が飛び交う世の中だが、祖父は、戦中から、農薬も使わず、化学肥料も使わず、堆肥だけで地養をつけ、米や野菜、お茶などを栽培してきた。朝から日が暮れるまで農作物の世話をし、夜や雨の日などに翻訳をするというまさに晴耕雨読《せいこううどく》の生活をしていたのだ。だから生前も、人に職業をたずねられると、祖父は迷わず「農業者です」と、こたえていた。

トルストイが本格的に農作業に打ち込みはじめたのは、おそらく二十九歳前後からだと思われるが、『どん底』などの作品で知られる作家、マクシム・ゴーリキー（1868-1936）が、七十二歳のトルストイを訪ねた時の感想を「かけねなしの百姓、民衆出身の真の人間」と評価するほど、トルストイもまた、農作業に没頭《ぼっとう》していた。そんなトルストイの作品を、やはり自らを農業者と名乗る祖父が訳した。その経験が翻訳に活かされていないはずがない。

翻《ひるがえ》って私の農作業の経験は、家庭菜園が関の山で、ほぼ皆無《かいむ》に等しい。故にできることと言えば、祖父の訳文に散りばめられている土の香りを感じ取ることだけだ。だからできるかぎりその香りを損なうことなく、この本の訳文にも反映させたつもりだ。

果たして、今回の私の訳が「(祖父の)訳を凌駕《りょうが》する良心的な翻訳」になったかは、読者に判断を委《ゆだ》ねるしかない。ただ、私の訳とて「もちろんまだまだ不完全」だ。トルストイの作品は、死後百年を過ぎても、少しも色褪《いろあ》せることなく、これから先、どんな国の、どんな人たちの心にも、その真理を訴えていくだろう。だからいずれ、私の翻訳もその役割を終える時がくる。その時こそ、またさらなる良心的な翻訳が出現するのを「大旱《たいかん》の雲霓《うんげい》を望むが如く」待ち望むことにする。

二〇二〇年八月

小宮　由

参考文献

『くもの糸 北御門二郎聞き書き』南里義則／著(不知火書房)

資料『イワンの馬鹿』と北御門二郎

以下は『イワンの馬鹿』の参考資料になればと思い、北御門二郎の自著、聞き書き、対談集など、さまざまな書籍に散在している、北御門二郎にとっての『イワンの馬鹿』についての文献を抜き出したものだ。文献を時系列にならべ、重複している箇所等を省き、接続詞等を若干くわえて、ひとつの読み物のように編集した。

＊

十七歳の時『人は何で生きるか』によって読書開眼させられた私が、つづいて手にとったのは『イワンの馬鹿』だった。そして、何よりもその中にある絶対的非暴力の思想に烈しいショックを受けた。

それが、従来、学校教育によって吹き込まれてきた忠君《ちゅうくん》愛国《あいこく》の思想と、なんと食い違っていた事か！　現に我々は、天皇と称する人物を神として拝ませられ、天皇や国のためには、常に他民族との殺し合いの覚悟をしていろと教えられ、中学四年・五年と、銃剣を身に着けての軍事教練や、阿蘇の原野での戦争ごっこまでさせられ、現にこの五高でも、配属将校が、我々に殺人術の授業をしているではないか。一体、学校教育が我々を欺《あざむ》いてきたのか？　それともトルストイが嘘をついているのか？

『イワンの馬鹿』との出会いを機縁に、ますますトルストイに読み耽《ふけ》っていった私が、国家の名で行なわれる教育の欺瞞性《ぎまんせい》をはっきり悟るのに、時間はかからなかった。嘘つきはトルストイでなく、国家だったのである。

《幼い者に邪《よこし》まな思想を鼓吹《こすい》するのは、まだよく泳げない子どもの首に磨石《すりいし》をかけて、海の中に投げ込むようなものだ》という福音書の教え（マタイによる福音書 第十八章一節～六節）があるが、当時、国家の名で行なわれた忠君《ちゅうくん》愛国《あいこく》の教育は、まさに幼き者の首に石をくくり付けて、深い海に投げ込むような罪深い所業《しょぎょう》だったということである。投げ込まれた子どもは、ぶくぶくと沈んで、そのまま浮き上がって来ない。つまり墓に入る日まで、その邪《よこし》まな思想を抱いたまま、軍人となって人殺しに出かけたり、裁判官となって人の子に死刑の宣告を下したりするのである。

私をそうした運命を辿る事から免れさせたのが、換言すれば、素早く石を首からはずして、海面に泳ぎ上がらせてくれたのが『イワンの馬鹿』だったのである。『イワンの馬鹿』との運命的出会いが、その後の私の生き方を決定したと言っていい。

『イワン・イリイッチの死』
レフ・トルストイ／作　北御門二郎／訳（地の塩書房）より

＊

農耕の傍ら、発表のあてなく続けていた私のトルストイ翻訳にスポットライトの当たる日が来ました。それが連鎖反応を誘発し、大学ノートに訳出されたまま机の上で眠ってしまうかもしれなかった『戦争と平和』など三大長編出版に発展していきます。私の翻訳の「晴れ」の日の始まりでした。

発端は、一本の電話からでした。昭和四十九年十一月、当時の熊本県立宇土高校美術教諭坂田燦《あきら》さんが、同校職員研修の講演を私に依頼してきたのです。

私は招きに応じ「トルストイと私」という題で話しました。講演後の質疑応答で、ある先生から「高校生に分かりやすいトルストイの作品は？」と尋ねられたので、先に訳して地元の「人吉文化」誌上で発表していた『イワンの馬鹿』一部を差し上げました。それを私への講師依頼の担当だった坂田さんが活用してくれたのです。

私より二十四歳下の坂田さんは、翌五十年四月の新学期から『イワンの馬鹿』を自分で何十部もコピーして、美術研究室に置き、美術選択の二年生（三学級）計百四十五人に「人間として北御門さんのような生き方もあるんだ」と、私の半生を紹介した上でそれを読ませ、感想文を書かせたのです。

生徒たちの感想文は、坂田さんの心を揺さぶるものでした。後に私も読ませてもらって「ここまで理解してくれたのか」と、その純粋な感受性に感動したものです。私に手紙をくれた福海哲夫君の感想を紹介しましょう。

「戦争とお金、それは人間性をゆがめ、人間が見せてくれるものの中で最も美しい愛というものを何のためらいもなく踏みにじってしまいます。この二つが、この世からなくなってしまったら、というそんな理想、夢をかなえてくれたのが『イワンの馬鹿』です。味気ない世の中で生きているわれわれに普段忘れていた夢というものを引き出してくれた『イワンの馬鹿』。われわれはその夢に打たれ、あの版画に取り組みました」

生徒の感想文に「これはただごとではない」と感じた坂田さんが考えついたのが『イワンの馬鹿』の物語に沿った版画制作でした。「高邁《こうまい》な理想を簡潔に表現した優れた教材」との考えで、物語を生徒に読ませた坂田さんは、後に版画制作を思いついた理由についてこう述べています。

「（手作りの版画は）主題意識があいまいであれば、白と黒の局限的な美しさは生まれてこない。内面的な思想や感情の高まりが整理されて表現されなければ、美しい版画とはならない」

生徒の感動を再表現する手法として版画が最もふさわしかった、ということでしょう。私が『イワンの馬鹿』に出会ったのが十七歳の時。四十五年後、かつての私と同年代の生徒らによる魂のこもった版画制作は、私の大きな喜びとなります。そして、これが私の翻訳に日を当ててくれたのです。

昭和五十一年元旦、坂田燦《あきら》さんから年賀状で「『イワンの馬鹿』版画集を作っています」と初めて知らされ、その後、実物を見せていただいた時、高校生の作品と思えぬ素晴らしさに感嘆、小おどりしました。

当初、この半年がかりの手作り版画集は、六部刷られていました。出版の予定はなかったそうですが「トルストイの原作を高校生が版画化」に新聞やテレビが関心を示し、相次いで報道。それを機に、全国から同高校に購入注文が殺到して「では百部出版を」から「それでは足りないから千部に」「さらに千部追加」と膨《ふく》れ上がり、結局五千部が出版されたのでした。

熊本県立宇土高校と私が共同出版した『イワンの馬鹿』版画集の波紋は、なお広がりました。「版画集を授業で使った」との便りが、複数の学校の先生から届いたのです。トルストイの非暴力精神の浸透を通じて「戦争からの人類解放」を願う私には、この上ない朗報でした。

そんな中、東京都足立区内の小学校の中田弘子教諭から「担任している六年生の教材に『イワンの馬鹿』を使いました」という便りとともに、約二十人の児童の感想文が届きました。一部をご紹介しましょう。

「トルストイは、戦争や争いのない平和な世の中、差別のない、平等な世の中にしてほしい。それに、本当の人間は、自分の体で汗水流して、苦労して生きていかなければいけないんだ。これらの考えを、最も強く言いたかったのだと私は思う」(山井直美さん)
「馬鹿と言われる国民全部が、ごまかしを知らない。それが一番美しい人間の姿。戦いのようなみにくいものをしない。戦いをしないものは欲がない。こんなに人間として、きれいな心を持っていて馬鹿というのだろうか。『馬鹿』という言葉は、人間の中のほんとうの人間のことを言うのではないだろうか」(佐藤尚枝さん)
まさに「後生畏るべし」です。小学生でも『イワンの馬鹿』を通じて、立派にトルストイの基本精神を理解しているではありませんか。

『くもの糸　北御門二郎聞き書き』南里義則/著(不知火書房)より

＊

宇土市の鶴城中学校一年三組の武田元子さんからは、次のような感想文が寄せられた。

「いま『イワンの馬鹿』を読み終わりました。頭のなかはいっぱいです。いっぱいのなかの一番目は、家にある『イワンの馬鹿』とは、考えさせられることがちがうということです。家で読んだほうは、何か強く心に残るものがなく、物足りない感じで、ただ、頭がよいだけじゃなく、自分でもがんばることが大事だなぁ、と思っただけです。でもこの『イワンの馬鹿』はちがいます。心に強く残る何かがあり、そして〈お金〉の大切さ！〈お金〉のおそろしさ！ なぜって〈お金〉は戦争を始めたり、びんぼうな人たちを苦しめたりするんですもの。〈お金〉とはおそろしいものだなぁ、と感じました。〈ほんとうの本〉を読ませていただいたことを深く感謝しなければなりません。〈ほんとうの本〉を」

現在の出版界に、わざわざ低学年用にと、大事なところをぼかしたり削除したりして、形を歪めた『イワンの馬鹿』が横行しているが、武田さんが「家で読んだほうは、何か強く心に残るものがなく、物足りない感じで……」と書いているのもそれである。もし、武田さんが私の翻訳に接しなかったら、あるいは一生「『イワンの馬鹿』って、あれくらいのものか！」という誤解をもちつづけたかもしれないと思うと、肌に粟《あわ》を生ずる思いがする。善意に解釈すれば、なるべく幼い頃からトルストイを噛み砕いた形で……という気持ちかもしれないが、その噛み砕き方が問題である。トルストイがもともと心をこめて噛み砕いたものを、トルストイよりうまく噛み砕ける人がいれば、その人がやるがよい。生兵法《なまびょうほう》は大けがのもとなのだ。幼い心にトルストイへの誤解を植えつけることほど恐ろしいけががあるだろうか。

私の『イワンの馬鹿』は、武田さんから〈ほんとうの本〉というお墨付きをいただいたが、もちろんまだまだ不完全で、いつの日か私の訳を凌駕《りょうが》する良心的な翻訳が出現するのを「大旱《たいかん》の雲霓《うんげい》を望むが如く」待ち望んでいる。

イマヌエル・カントは、自身の著書『教育学』のなかで「よい目的とは、万人が是非とも是認《ぜにん》しなければならないような、しかも同時に万人の目的であり得るような目的のことである」と言っている。人類にとっての永遠不滅の古典の内容を、可能なかぎり正しく人々に伝えるということは、まさにそのような目的ではないだろうか。

『トルストイとの有縁』北御門二郎／著（武蔵野書房）より

＊

学校教育は、文部省（当時）検定済みの教科書だけじゃだめです。あれはむしろ反面教師のつもりで読んでください。あの中には、不純なものがたくさんある。副読本でもいいから『イワンの馬鹿』を読んでもらいたいですね。

子どもたちに『イワンの馬鹿』を読まれたら困るという人種がいます。エラい政治家はみんな嫌います。文部省の役人もだいたい嫌う。だけど、嫌ったっていいんです。「『イワンの馬鹿』のどこが悪いから、あなたたちは読むなと言うのですか？」と開き直って聞いてごらんなさい。だれもなにも言えないから。そういう意味で、みなさんも先生方といっしょに副読本ででもいいから読んでもらえればと思います。

みなさん、憲法九条はどういう文章か知っていますか？「陸海空軍その他の戦力は、これを保持しない。国の交戦権は、これを認めない」ですね？　敗戦後、議会でその案ができた時の総理大臣は吉田茂さん。その時に共産党の野坂参三さんが「自衛のための軍隊も認めないのか」と追及しているんですね。それに対して吉田茂さんは「昔からみんな、自衛のため、自衛のため、と言いながら侵略戦争でも何でもやっている。だから、今度の日本の憲法は、自衛のための軍隊だって認めないんだ」ということをはっきり答えています。

それが、だんだんうそからうそを積み重ねて、あんまりうそが重なると、うそが本当みたいになってしまう。初めからうその塊ですね。だから、ＰＫＯ（国際連合平和維持活動）は、出すべきか出すべきじゃないかじゃなくて、初めから自衛隊の存在自体が憲法に違反しているんです。それは、前提を無視した先の話です。僕は、ばかばかしくて仕方がなかった。政治家というのは、いかにうそつきかということですね。

『トルストイの涙』――熊本市の中学校の生徒会役員をまえにしての対話――北御門二郎・澤地久枝／対話（青風舎）より

＊

やっぱり教育の原点は、教師が生徒の親となって、彼らに栄養豊かな心の糧を与えなければならないとの思いを新たにする。たとえ、それを快く思わぬセミヨンやタラスの末裔《まつえい》が、権力や金力を笠《かさ》に着て、鞭《むち》と飴《あめ》とを巧《たく》みに使い分け、阻止行動に出ることがあっても。人の子の教師の責任は、泰山《たいざん》よりも重い。

この私自身も、従来多くの人々に向かって、もし日本の教育界が、例えば『イワンの馬鹿』一つでも教科書に採用するならば、民族の悲願であるはずの憲法九条の精神は、たちまちゆるぎなく日本の土地に定着するであろうし、それによって日本は、国際社会に真に名誉ある地位を占めるであろうと説いてきた。

世界の軍事大国間の緊張が相変わらず続き、核戦力の均衡の上に平和が成立するという狂人の論理が横行する今日、我々が政府の行為によって再び戦争の惨禍《さんか》に捲き込まれないようにするために、これまで読んだことのある人もない人も、こぞってもう一度、心静かにこの民話を味読《みどく》して戴《いただ》くよう願わずにはいられない。

『イワンの馬鹿』
レフ・トルストイ／作　北御門二郎／訳（地の塩書房）より

以上の引用文の収録を許諾してくれた各版元と、最後まで私に並走してくれたアノニマ・スタジオ編集部の村上妃佐子氏には、心から感謝申し上げたい。

レフ・トルストイ（1820-1910）

19世紀のロシアを代表する小説家、思想家。ロシア・ヤースナヤ・ポリャーナに伯爵家の四男として生まれる。非暴力主義の思想のもと、文学のみならず、政治や社会にも大きな影響を与え、また、自ら教科書を執筆・編集し、教育にも力を注いだ。代表作に『戦争と平和』『アンナ・カレーニナ』『復活』など。『イワンの馬鹿』は、1876年（トルストイ56歳）の作品。

ハンス・フィッシャー（1909-1958）

絵本作家、画家。スイス・ベルンに生まれる。美術学校で装飾画・版画を学んだ後、パウル・クレーに師事した。舞台美術や壁画を手掛けるなど、画家として活躍しながら、自分の子どもたちと向き合い、絵本の創作もはじめる。代表作に『ブレーメンのおんがくたい』（福音館書店）『こねこのぴっち』（岩波書店）など。

小宮由（1974-）

翻訳家。東京・国立市に生まれる。2004年より阿佐ヶ谷で家庭文庫「このあの文庫」を主宰。祖父は、トルストイ文学の翻訳家であり、良心的兵役拒否者である故・北御門二郎。
主な訳書に『さかさ町』（F.エマーソン・アンドリュース作／岩波書店）、『モミの木』（アンデルセン作）、『台所のメアリー・ポピンズ』（T.L.トラヴァース作）、『どうぶつたちのナンセンス絵本』（マリー・ホール・エッツ作）（以上、アノニマ・スタジオ）など多数。

デザイン　櫻井 久（櫻井事務所）
編集　村上妃佐子（アノニマ・スタジオ）

イワンの馬鹿

二〇二〇年十月二日　初版第一刷　発行
二〇二一年五月二十六日　初版第二刷　発行

作　者　レフ・トルストイ
訳　者　小宮　由
発行人　前田哲次
編集人　谷口博文

発　行　アノニマ・スタジオ
〒111-0051　東京都台東区蔵前2-14-14　2F
TEL.03-6699-1064　FAX.03-6699-1070
KTC中央出版
〒111-0051　東京都台東区蔵前2-14-14　2F

印刷・製本　シナノ書籍印刷株式会社

内容に関するお問い合わせ、ご注文などはすべて
右記アノニマ・スタジオまでお願いします。
乱丁本、落丁本はお取替えいたします。
本書の内容を無断で転載、複製、複写、放送、データ配信などをすることは、
かたくお断りいたします。定価は本体に表示してあります。
©2020 Yu Komiya.anonima-studio printed in Japan.
ISBN978-4-87758-811-3 C0097

アノニマ・スタジオは、

風や光のささやきに耳をすまし、
暮らしの中の小さな発見を大切にひろい集め、
日々ささやかなよろこびを見つける人と一緒に
本を作ってゆくスタジオです。

遠くに住む友人から届いた手紙のように、
何度も手にとって読み返したくなる本、
その本があるだけで、
自分の部屋があたたかく
輝いて思えるような本を。